AF281853

Schwimmende Steine

Pit Ferman

Wer Peter Seibelt nicht kennt, und das sind die meisten, weiß auch nichts über die Tragödie, die ihn über fünfzig Jahre seines Lebens verfolgt hat.

Pit Ferman kennt ihn. Denn er war es, der Peters Biografie im Kriminalroman *Schaafswinter* aufgezeichnet hat. Der Anlass, ihn zu besuchen, ist jedoch ein anderer. Peter Seibelt stellt Lampen aus den Rahmen alter Zimmerkachelöfen her, und solch eine Lampe wünschen sich Pit und seine Frau Eliza für ihr Haus.

Dabei ergibt sich aus Peters Erzählungen, dass seine Tragödie vermutlich viel früher ihren Anfang genommen hatte als selbst Pit wusste.

*Für Bexi
und Carlo*

Impressum

Bibliografische Information der Deutschen Nationalbibliothek: Die Deutsche Nationalbibliothek verzeichnet diese Publikation in der Deutschen Nationalbibliografie; detaillierte bibliografische Daten sind im Internet über dnb.dnb.de abrufbar.

Die automatisierte Analyse des Werkes, um daraus Informationen insbesondere über Muster, Trends und Korrelationen gemäß §44b UrhG („Text und Data Mining") zu gewinnen, ist untersagt.

Herstellung und Verlag:
BoD – Books on Demand, Norderstedt

ISBN 978-3-7597-2914-9

Vorwort

Ich bin Pit Ferman und kenne Peter Seibelt seit unserer gemeinsamen Zeit als Zolldeklarant für eine deutsche Transportfirma in Basel in der Schweiz. Wir übten den gleichen Beruf aus, waren jedoch in unterschiedlichen Abteilungen tätig. Als ich im Jahre 2008 aus gesundheitlichen Gründen in den vorzeitigen Ruhestand trat, verloren wir uns für mehrere Jahre aus den Augen.

Kontakt zu Peter Seibelt erhielt ich erst wieder durch Kriminalhauptkommissar a. D. Edgar Schaaf. Man schrieb das Jahr 2021, als Edgar mich wegen einer Geschichte anfragte, die mich veranlasste, den ersten Edgar-Schaaf-Krimi *Schaafswinter* zu schreiben. Im Zuge jener Arbeit suchten er und ich Peter Seibelt mehrfach in dessen Haus in Weinbuch auf, um mit ihm die tragischen Ereignisse um die ermordeten Frauen einerseits und seines persönlichen Traumas andererseits zu besprechen.

Dabei lernte ich auch Peters jetzige Frau Bernadette *Beni* Wolff kennen.

Im Verlaufe jener Treffen erfuhr ich nebenbei, dass sich Peter Seibelt mit Tiffany-

Glaskunst beschäftigte und unter anderem Lampen aus den Eisenrahmen alter Zimmerkachelöfen herstellte.

Solch eine Tiffany-Lampe bei ihm zu bestellen, fuhren meine Frau Eliza und ich am Morgen des zwölften Septembers 2024 nach Weinbuch.

Schwimmende Steine

12. September 2024

„Hast du die gepressten Pflanzen dabei?", fragte Pit Ferman, als Eliza Wohlbrecht in den taubenblauen Citroën Typ H einstieg. Baujahr 1981. Der Citroën. Nicht Eliza.

Sie klopfte auf die Umhängetasche und ließ sich auf den Beifahrersitz fallen. Der Motorblock des kultigen Oldtimers vibrierte vertrauenserweckend zwischen Fahrer und Beifahrerin.

Pit legte den ersten Gang ein und rollte an. Unter den Rädern des Transporters knirschte der Kies auf der Zufahrt zu ihrem Haus. Bis zur asphaltierten Straße waren es nur wenige Meter.

„Die sind es doch, weswegen wir hinfahren", sagte Eliza und klopfte erneut auf die Tasche, die nun auf ihren Oberschenkeln lag. „Die Hahnenfüße", schob sie präzisierend nach. „Oder Butterblumen, wie wir als Kinder sagten."

Sie waren früh dran. Über dem kleinen See, der zum Haus gehörte, hing noch hellblauer Dunst. In einer Stunde würde die Sonne ihn aufgelöst haben.

„Stimmt genau", sinnierte Pit in die Vergangenheit, „wir haben sie auch nur Butterblumen genannt. Als Kinder hielten wir die Blüten an unsere Kehlen, und wenn die Haut die gelbe Farbe widerspiegelte, waren wir gesund. Ach, wir waren immer alle gesund."

„Hattest du eine glückliche Kindheit, Pit?"

Die Frage echote durch die langen Gänge seiner Erinnerung, weshalb seine Antwort mit Verzögerung kam. „Ja, ich denk´ schon", sagte er schließlich, nachdem er die guten und die weniger guten Erfahrungen in Windeseile gegeneinander aufgerechnet hatte. „Ich denke schon."

Bald hatten sie Grünweiler und Rothweiler, dann Offenburg hinter sich gelassen. Pit steuerte den Van ein paar Kilometer über die Bundesstraße 3. Es gab drei Möglichkeiten, um nach Weinbuch zu gelangen. Er nahm die mittlere Variante, weil sie, im Gegensatz zu den beiden anderen, durch idyllische Dörfer führte.

„Peter Seibelt hast du ja kennengelernt", sagte er angesichts des nahen Ziels ihrer Fahrt. „Aber Bernadette noch nicht, oder? Bernadette Wolff, seine Frau?"

„Doch, doch, natürlich kenne ich sie. Sie war bei der Vernissage meiner Grafiken in Melanie Köningers Galerie dabei. Peter Seibelt spielte Gitarre. Wann war das gewesen? 2022? Muss 2022 gewesen sein, Pit."

Pit seufzte. „Meine Güte, wie die Zeit vergeht." Er deutete mit der rechten Hand zur Windschutzscheibe hinaus. „Da vorne rechts siehst du gleich am Ortseingang den Weinbucher Steinbruch. Und geradeaus die Raiffeisengenossenschaft. Dort können wir parken. Ist praktisch vis-à-vis von Peters Haus."

„Na, das ging ja schneller als gedacht", sagte Eliza und öffnete den Sicherheitsgurt.

„Deine Haare werden auch immer länger", begrüßte Peter Seibelt den Freund und ehemaligen Kollegen aus früheren Zeiten. „Herzlich willkommen, Eliza. Wie schön, dich zu sehen. Immer rein in die gute Stube." Er deutete auf Pit. „Dein Mann und ich haben mal bei derselben Firma in der Schweiz gearbeitet, verstehst du? Lang, lang ist's her."

„Ich weiß", antwortete sie. „Er hat mir davon erzählt."

„Nur Gutes, wie ich vermute. Äääh, Bernadette ist noch unterwegs zum Bäcker, muss aber gleich hier sein. Also kommt rein. Kaffee ist fertig."

Kaum waren die Tassen gefüllt, war auch Bernadette mit einer Tüte Zimtschnecken vom Bäcker zurück. Eine gute halbe Stunde bestimmten aktuelle Themen des Weltgeschehens und das Wetter die Unterhaltung, bis Peter Seibelt auf den Anlass des Besuchs umschwenkte: „Ihr wollt also eine Zimmerkachelofenlampe haben." Er war bekannt dafür, aus bunten Glasplatten in Tiffany-Technik Bilder und Lampen herzustellen. Wahre Kunstwerke.

„Ja, genau", bestätigte Eliza und schnürte die Pappdeckel mit den gepressten Pflanzen auf. „Hier, siehst du? Butterblumen von unserer Wiese."

Peter nahm die vier Blätter entgegen und begutachtete sie. „Kann ich machen", meinte er, „dauert halt seine Zeit. Es sind relativ kleine Blüten und zerfranste Blätter. Wird etwas fisselig, aber so ist es nun mal."

„Arg schlimm?", fragte Eliza fast entschuldigend.

Peter grinste: „I wo. Dann schlag ich vor: Eliza, du lässt dir von Beni das Haus und ihr Atelier zeigen, und Pit und ich suchen in der Zwischenzeit einen Kachelofenrahmen aus. Wegen der Größe und so."

Die beiden Männer verließen das Wohnzimmer und umrundeten das Haus. Von Statur und Aussehen her, allein schon wegen der weißen Pferdeschwanzfrisuren, hätte man sie für Zwillinge halten können.

Peter griff einen Schlüssel von einem Nagel an einem Balken und öffnete die Tür zu einem ans Haus gelehnten Schuppen. Pit ließ derweil den Blick über den Garten schweifen.

„Einen interessanten Garten hast du. Hat der schon immer so ausgesehen?", fragte er.

Peter blieb im Türrahmen stehen und folgte Pits Blickrichtung. Er seufzte, als er sagte: „Nein. Dieser Steingarten war meine Idee. Das sah früher alles ganz anders aus."

„Aha. Dann bist du hier aufgewachsen? Das war dein Elternhaus, richtig?"

Peter nickte melancholisch, und seine Gedanken flogen sechsundsechzig Jahre zurück. „Ja, hier hat alles angefangen", sagte er halblaut. „Irgendwann und irgendwo hat es ja anfangen müssen."

Weinbuch

Peter Seibelt

Ja, hier wohnten wir. Wir, die Familie Seibelt. Zwischen der Hauptstraße, die heute Birnenallee heißt, und dem Mattenweg. Sieben Personen in einem kleinen Haus. Oma Anna und Opa Franz im unteren Stock. Vater Albert, Mutter Elisabeth, Schwester Cornelia und Onkel Konrad im oberen Stock. Zu den Mitbewohnern zählten ferner eine weiße Katze namens Fritzi, circa sechs bis acht Stallhasen und eine kleine Hühnerschar mit Gockel. Ja und ich. Ich bin der Peter.

Winter 1958/1959

Ich hauchte ein Loch in die Eisblumen am Küchenfenster, bis ich mit beiden Augen hinausschauen konnte. Draußen war alles weiß. Es lag meterhoher Schnee.

Gestern Abend noch hatte mein Papa in einer waghalsigen Aktion die Schneemassen vom schrägen Dach unter dem Küchenfenster geräumt, bevor es unter der Last zusammenbrechen konnte. Zur Sicherheit hatte er ein Seil um den Bauch gebunden, und Mama hielt mal am Fenster, mal am Balkon nebenan das andere Ende fest. Ich hatte mithelfen wollen, aber nicht gedurft. Dabei war ich der Leichteste von der ganzen Familie. Mit einem Seil um den Bauch wäre ich auch gerne auf dem Dach herumgestiefelt.

Das Dach war so breit wie das Haus und überdeckte die Scheune. Den Schopf, wie wir heute noch sagen. Er beherbergte den Schweine- und den Hühnerstall, unter einer Reihe Glasziegel die Hasenställe, die Güllegrube für die zwei Plumpsklos, und alle Geräte, die man auf dem Land für Feld und Garten brauchte. Das waren nicht wenige, und von manchen hatte ich keinen Schimmer, für was sie gut waren.

Vom Schopf aus führte geradeaus eine Tür in den Hinterhof, auf der linken Seite eine zweite Tür, vielmehr ein Tor, durch das der Leiterwagen und Opas Schubkarren passten. Schubkarren besaß er mehrere. Durch eine dritte Tür rechts neben dem Hühnerstall gelangte man in den umzäunten Hühnerhof.

Während ich über das Dach, den verschneiten Hinterhof mit den Zwetschgenbäumen und den oberen Mattenweg schaute, bemerkte ich, dass an einem Fenster des oberhalb gelegenen neuen Hauses ebenfalls ein Guckloch freigehaucht war. Wenn mich nicht alles täuschte, lugten dort zwei Augen zu mir herüber. Ich winkte mit der Hand vor meinem Gesicht, und dort drüben winkte eine kleine Hand zurück. Das Mädchen Susi. Ich kicherte.

Mama fragte, was es zu lachen gäbe. Ich sagte: *„Susi hat mir gewunken. Kann ich raus zum Spielen?"*

Sie schaute auf die Küchenuhr, die über der Tür zum Schlafzimmer hing. *„Aber wenn die Kirchturmuhr zwölf schlägt, kommst du heim."*

Bis zwölf waren es noch über eineinhalb Stunden. Obwohl ich noch nicht zur Schule ging, kannte ich die Uhr und konnte bis zwölf zählen. Und dank der Salamander-Lurchi-Abenteuerhefte konnte ich mit fünf Jahren auch richtig lesen.

Die Kirchturmuhr bestimmte den Takt des Lebens in Weinbuch. Man richtete sich nach dem Glockenschlag oder nach dem Geläute. Ausreden, man hätte den Schlag nicht gehört, grenzten an Frechheit. Weinbuch war ein sehr ruhiger Ort. Es gab weder lauten Verkehr noch irgendwelche geräuschintensiven Maschinen. Fast alle Arbeiten wurden per Hand verrichtet. Selbst im entlegensten Winkel wusste man, was die Stunde geschlagen hatte.

Waren Susi und ich morgens allein, begnügten wir uns mit der **ganz** kurzen Schlittenbahn beim Raiffeisenmarkt. Eineinhalb Stunden würden reichen, um mit dem Schlitten ein paarmal den steilen Hang hinunterzufahren. Ob es bis zum Bach reichen würde, bezweifelte ich. Dafür lag der Schnee viel zu hoch. Und auch den Hang mussten wir zuerst vom Hochschnee befreien, um einigermaßen schlitteln zu können. Bald sahen wir aus wie Schneemänner.

War für die älteren Kinder vom Mattenweg die Schule aus und die Hausaufgaben gemacht, pilgerten wir, die Schlitten im Schlepptau, gemeinsam zum Gimpelbach. Meist trafen wir dort auf andere Kinder, mit denen sich die Schulgänger unter uns verabredet hatten. So fanden sich bis zu zwanzig Nasen ein, die alle nur eins im Sinn hatten: Schlittenfahren.

Die Bahn begann oben bei der Lourdes-Grotte, von wo es gleich rasant bergab ging. Mit ordentlichem Zahn drauf düsten wir zuerst beim Maler Wamser vorbei, dann am Gustavenhof. Ab dort wurde die Strecke etwas flacher, aber man hatte noch genug Tempo drauf, dass einem die Augen tränten. Als nächstes ließen wir den Pferdehändler Trunk rechts unten hinter uns liegen, dann den Bauernhof der Baslers links oben, bevor wir zur sogenannten Todeskurve kamen. Dort nämlich bog die Bahn scharf nach rechts ab, quer durch den Hof des Karlebauern, und zum Schluss nochmal einen kurzen Schuss hinunter bis zur Hauptstraße. Dort endete der Spaß, weil gegenüber das umzäunte Freigelände der Raiffeisengenossenschaft eine Weiterfahrt verhinderte.

Wer an der Todeskurve nicht aufpasste und die Geschwindigkeit nicht drosselte, der landete unweigerlich in einem Stapel Reisigbündel, die der Karlebauer dort aufgeschichtet hatte und zum Schnapsbrennen benötigte.

Mit am lustigsten war, wenn wir eine Kette aus zusammengehängten Schlitten bildeten. Zehn oder zwölf hintereinander den Gimpelbach hinunterbretterten, weil es den jeweils Letzten mit hoher Wahrscheinlichkeit in der Todeskurve in den Reisigstapel schleuderte. Dann war das Gelächter groß. Es gab aber keinen, der sich dagegen sträubte, der letzte in der Schlange sein zu müssen, denn insgeheim hofften alle, dass es ihm gelingen würde, die Kurve irgendwann zu meistern. Dafür durfte ein jeder einmal die Lokomotive des Schlittenzugs sein. Als Lokomotive legte man sich bäuchlings auf den Schlitten, fuhr also Kopf voran, und hängte die Füße in den nachfolgenden Schlitten. Was für eine Gaudi, und was für eine Ehre.

Wenn die Dunkelheit hereinbrach, mussten wir heim. Aber man munkelte, dass sich abends halbstarke Jugendliche im Gimpelbach trafen, zum Teil mit Fackeln und Schnaps ausgerüstet, und dort bis spät in die Nacht heiße Schlitten-fahrten veranstalteten.

Es gab noch eine andere Schlittenbahn in der Nähe. Sie reichte vom Mattenweg zwischen

Rosis Haus und dem Haus des dicken Willi Käshammer zur Hauptstraße hinunter, über diese hinweg, und links vor dem Raiffeisenmarkt den Grasbuckel hinunter bis zum Bach. Hundertdreißig Meter im besten Fall. Der beste Fall trat ein, wenn an der Hauptstraße kein Auto gefahren kam. Ende der fünfziger Jahre sahen wir selten Autos.

Diese Bahn war jedoch noch nicht präpariert. Das heißt, es lag zu viel Schnee. Für Susi und mich allein wäre es unmöglich gewesen, den Weg freizuräumen. Der motorisierte Schneepflug der Gemeinde fuhr hier gar nicht durch, weil keiner der Anwohner ein Auto besaß, das eine geräumte Straße erfordert hätte. Also mussten Susi und ich uns mit der **ganz** kurzen Bahn begnügen. War aber auch nicht schlecht.

Der Schnee reichte mir bis zu den Schultern. Und Susi mit den dunkelbraunen Haaren und den zwei Zöpfen bis an die Nasenspitze. Sie wartete schon vor ihrem Haus. Ich drückte einen Schneeball zurecht. Wenn er mir richtig aus der Hand flutschte, schaffte ich einen Wurf bis an ihre Kellertür.

Als Fünfjähriger war mir der Unterschied, der Mädchen und Buben ausmachte, freilich unbekannt. Wenn Mama sagte, dass das oder jenes Kind ein Mädchen sei, dann musste das wohl so sein. Ein Kind war ein Mädchen, wenn oder weil es Zöpfe oder einen Pferdeschwanz, einen Rock oder ein Kleid und eine Umbindeschürze trug, wie Susi. Heute trug sie Stiefel, dicke Strümpfe und einen wollenen Rock, darüber eine dicke Jacke, gestrickte Fausthandschuhe und eine Zipfelmütze.

Mein Schlitten mit dem aufgenagelten Jutesack als Sitzfläche war der schnellste. Meinte ich jedenfalls. Irgendwie aber schien Susis Schlitten genauso schnell zu sein wie meiner. Wenn wir auf Kommando gleichzeitig losfuhren, kamen wir auf die Sekunde nebeneinander unten an. Auch als wir die Schlitten tauschten, stellten wir keinen Unterschied fest. Es half meinem Schlitten auch nichts, dass ich die Kufen mit Kerzenwachs einschmierte. Er wurde nicht schneller. Susis Schlitten war sogar bequemer zu fahren, denn seine Sitzfläche bestand aus geflochtenen Sisalschnüren.

Unsere Schlitten waren vom Leitermacher im Dorf gebaut worden. Die Davoser Rodelschlitten, wie sie später überall in Mode kamen, kannten wir nur von unserer Freundin Rosi. Sie besaß schon einen, lang wie ein Viererbob. In den Augen von uns anderen taugte er aber nichts. Und obwohl Rosi ihn anpries wie Weihnachtsplätzchen vom vergangenen Jahr, lehnten wir es rundweg ab, mit ihm zu fahren. Gut, bei Tiefschneeverhältnissen mochte er mit seinen breiten Kufen Vorteile haben. Wir aber bevorzugten die eisigen Pisten, wie wir sie zum Beispiel in der Kirchgasse vorfanden. Oder im Gimpelbach. Und dort schlingerte der Davoser wie ein Eisstock unlenkbar übers Eis.

Als ich abends nach Hause kam, herrschte in Omas Küche dicke Luft. Wegen des hohen Schnees mussten Omas Hühner im Hühnerstall bleiben, bis Opa den Hühnerhof freigeräumt hatte.

Die Wohnsituation in unserem Haus war folgende: Oma und Opa lebten im Hochparterre. Sie hatten eine Küche und ein Schlafzimmer. Daneben lag die gute Stube, die höchstens an Sonn- und Feiertagen betreten wurde. Oder wenn Besuch da war. Dann gab es noch den unteren Hausflur mit dem Treppenhaus.

Meine Eltern, meine ältere Schwester Cornelia und ich wohnten im ersten Stock. Es gab eine Küche und ein Schlafzimmer. Im dritten Zimmer hauste Konrad, der jüngere Bruder meines Papas. Dazu gehörte der Hausflur im oberen Stock mit der Treppe. Meine Schwester und ich schliefen im gleichen Zimmer wie Mama und Papa. Ein Badezimmer existierte nicht.

Nun war Opa Straßenwart, und als solcher waren er und seine Kollegen zuerst darum bemüht, die Straßen der Gemeinde von den Schneemassen zu befreien. Doch nicht nur die Straßen, sondern vordringlich auch die Zugänge zur Kirche, zum Bäcker, zum Metzger, zu den kleinen Dorfläden und nicht zuletzt zu den Gasthäusern, von denen es allein sechs im engeren Dorfbereich gab. Omas Hühnerhof kam deshalb erst nach Einbruch der Dunkelheit dran. Und Oma war sauer, weil sie bei Opa eine Schnapsfahne roch. Was nicht verwunderlich war, denn wer vor sechs Wirtschaften Schnee zu schippen hatte, kam um den einen oder anderen angebotenen Schnaps nicht herum. Wobei Opa keiner war, dem man die hochprozentigen Geister aufnötigen musste.

Oma konnte schimpfen wie ein Rohrspatz, und wenn sie einmal in Fahrt war, fand sie kein Ende mehr. Es folgte Tirade auf Tirade. Und wenn Opa einmal einwarf, dass sie doch den *Jungen* heißen solle, die Arbeit zu machen, dann wurde sie noch wütender. Mit dem *Jungen* meinte Opa Konrad, ohne dessen Namen zu nennen. Der aber war Omas erkorener Liebling und es störte sie nicht, dass dieser sich am liebsten dort aufhielt, wo die Arbeit bereits getan war. Kurz: Er war ein Faulpelz.

An solchen Abenden machte es meiner Schwester und mir keinen Spaß, in Omas Küche auf der Holzkiste neben dem Kochherd zu sitzen und zu bitten: *Erzählst du uns eine Geschichte, Oma?*

Opa indes blieb stoisch. Wenn ihm die Schimpferei zu toll wurde, verdrückte er sich in den Schopf zu seinen Stallhasen. Mit denen konnte er reden. Sie hörten ihm zu und sie widersprachen ihm nicht.

Auch wenn der Nikolaustag kalendarisch dem Herbst zuzuordnen war, gehörte er meteorologisch zum Winter. Für uns Kinder gab es diesbezüglich keine zwei Meinungen. Der Belznickel und Knecht Ruprecht kamen im Winter.

Cornelia und ich hatten erfahren, dass Nikolaus persönlich bei uns vorbeischauen würde. Lustig, lustig, tralalalala …

Ich fühlte mich nicht ganz so heiter, wie das Lied mir vermitteln sollte. Angeblich, wie man hörte, würde der Nikolaus unangenehme Fragen stellen. *Bist du auch brav gewesen? Sollen wir mal im dicken Buch lesen, was da über dich geschrieben steht?* Und dann war da noch die Sache mit der Rute und dem Sack. Wenn ich nicht brav gewesen war, würde er mich verkloppen und in den Sack stecken, womöglich mitnehmen, weiß der Teufel wohin und wie lange.

Nein, ich trug da einige Bedenken mit mir herum. Was man so über Knecht Ruprecht hörte, war er keiner, zu dem man Vertrauen haben konnte. Traten sie nach dem System Nikolaus der Gute, Knecht Ruprecht der Böse auf?

Während des Abendessens wurde ich immer stiller. Ich lauschte nach Geräuschen in der Nacht. Dann war die Stunde gekommen.

Die Haustür wurde heftig zugeschlagen. Dann dröhnten schwere Schritte durch den unteren Flur. Am furchterregendsten aber war das Rasseln einer schweren Kette auf den Treppenstufen. Ich bekam einen trockenen Mund. Es polterte an die Küchentür. Ich flüchtete neben meine Schwester, die bereits auf dem Sofa saß.

„Herein, wenn's kein Geldeintreiber ist", sagte Papa.

Die Tür schwang auf. Und da war er. Nikolaus. Er trug einen schwarzen Ledermantel, Gummistiefel, eine schwarze Mütze, eine Hornbrille und – einen feurig roten langen Bart. Mir rutschte das Herz in die Hose.

„Guten Abend", sagte er mit tiefer Stimme, *„wohnen hier artige Kinder? Seid ihr das, ihr Angsthasen dort auf dem Sofa?"*

Cornelia antwortete für uns. *„Ja, lieber Nikolaus, das sind wir."*

„Soso, artig seid ihr also gewesen. Und wer hat dann die Würfelzuckerdose geleert?"

Mist, dachte ich, *er weiß es. „Das war ich"*, brachte ich zustande.

„Aha, du warst das also. Hmhm, und wem von euch beiden schmeckt dann der Teller mit Grünkohl nicht und weigert sich, davon zu essen?"

Das traf total auf Cornelia zu. Aber woher wusste der Nikolaus das?

Der Nikolaus klappte ein dickes Buch auf, befeuchtete mit der Zunge einen Finger und blätterte ein paar Seiten um. *„Aha, da steht es ja."* Er schielte uns über den Rand der Brille an. *„Eure weiße Katze Fritzi durch ein Ofenrohr gejagt?"*

Mir stockte der Atem. So stimmte das nicht, und deswegen legte ich Protest ein. *„Dafür können wir nichts! Wir haben sie nicht gejagt! Sie ist freiwillig hindurchgekrochen! Einfach so, gell, Cornelia?"*

Cornelia machte eine entschuldigende Geste. *„Einfach so, genau"*, bestätigte sie und machte dazu ein lammfrommes Gesicht. *„Außerdem ist ihr gar nichts passiert. Sie ist nur rabenschwarz geworden."*

„Und grau ist sie heute noch. Na, ob das wohl die ganze Wahrheit ist? Aber gut, da ihr alles freimütig zugegeben habt, will ich auf die Rute verzichten. Dann kommt mal her und schaut, was in diesem Sack drin ist." Er schüttete den

Sack auf dem Boden aus. In sicherem Abstand von ihm lasen wir Nüsse, Lebkuchen, Bonbons und Schokolade auf. Als ich wieder aufschaute, war er weg, und ich konnte aufatmen.

„Das war ja Oma", sagte Cornelia auf einmal. *„Sie hat Konrads Mantel angehabt. Ich habe ihn an den Knöpfen erkannt. Und Opas Brille und Gummistiefel. Und der Bart war aus Maisgriffel gemacht. Und sie hat einfach die Stimme verstellt. Es war die Oma."*

Ich war perplex. Wenn Cornelia den Schwindel bemerkt hatte – wieso ich nicht? Ich fühlte mich einerseits erleichtert, andererseits hintergangen, und in mir wuchs allmählich der Verdacht, dass die Erwachsenen nicht immer ehrlich waren.

Als fünf Minuten später Oma die Küche betrat und so tat, als wisse sie von nichts, durchschaute auch ich die Mogelei. Sie hatte sich zwar umgezogen, doch an ihrem linken Ohr baumelte nämlich noch einer der roten Maisfäden, aus denen der Bart bestanden hatte. Cornelia lachte lauthals und ich konnte gar nicht anders als mitzulachen.

12. September 2024

„Ja, zum Donner, das waren damals noch richtige Winter", sagte Pit. „Stellt euch vor: Vor einem Jahr habe ich eine neue Schneeschippe gekauft. Und was ist passiert? Nichts. Keine einzige Schneeflocke im heurigen Winter. Eine Schande ist das."

„Ich bin ja um einiges jünger als ihr", ergriff Eliza das Wort, „aber auch ich kann mich noch an viel Schnee erinnern. Dort, wo ich herstamme, lag der Schnee manchmal so hoch, dass man durch das Wohnzimmerfenster das Haus verlassen oder betreten konnte. Den Schulweg mussten wir auf Skiern bewältigen."

Beni äußerte Bedenken: „Wenn man sieht, wie rasch sich die Verhältnisse verändert haben – die Winter der vergangenen Jahre waren doch alle nicht mehr normal. Man ist den Umgang mit Schnee überhaupt nicht mehr gewohnt. Jedes Jahr heißt es in den Nachrichten, dass Autofahrer von Schnee oder Glatteis überrascht wurden. Überrascht, hallo? Im November und Dezember dürfte es keine Überraschungen wegen Schneefall geben. Meine Meinung. Aber die

Leute leben so blind und gedankenlos in den Tag hinein."

Winter 1958/1959

Ende Januar des Folgejahres war es sehr kalt geworden. Kalt genug, dass die Entwässerungsgräben auf den Wiesen und der Bach zufroren. Schlittern auf dem Eisbach – eine neue Herausforderung.

Da keiner von uns richtige Schlittschuhe besaß, mussten die normalen Winterschuhe herhalten. Oft genug, oder eigentlich war es die Regel, zeigten die Schuhe kein Sohlenprofil mehr. Schuhe wurden nämlich nicht einfach weggeworfen, sondern man gab sie mehr oder weniger von Generation zu Generation weiter. Der Schuhmacher im Dorf sorgte dafür, dass die Treter so lange haltbar blieben.

Wer also alte Schuhe auftrug, war beim Schlittern im Vorteil, denn die glatten Sohlen rutschten bekanntermaßen am allerbesten.

Waren genug Kinder da, durften auch Hilde und Priska mit uns ziehen, die behütetsten Mädchen unseres Viertels. Wir mussten aber versprechen, sie nicht aufs Eis des Baches zu lassen. Auf die Gräben ja, aber nicht auf den Bach. Die Eltern erinnerten sich vermutlich an eigene tropfnasse Erlebnisse aus ihrer Kindheit.

War das Eis auf den schmalen Gräben in der Regel gleichmäßig dick und trittfest, zeigten sich die Eisflächen auf dem Bach zumeist tückisch. An Stellen, unter denen das Wasser hurtig floss, war das Eis oft so dünn wie Pergamentpapier. An anderen, breiteren Abschnitten mochte das Eis das Gewicht eines Kindes vielleicht tragen. Vielleicht, denn einer aus der Gruppe wurde bestimmt, die Tragfähigkeit zu testen. Er tastete sich, über einen dürren Ast als Sicherungsleine mit der wartenden Gruppe am Ufer verbunden, weiter und weiter in die Mitte der Eisfläche vor und stampfte kräftig mit den Füßen auf. Hielt das Eis, war er der Held. Brach er ein, war er der Depp. Bei dieser Messtechnik blieb es nicht aus, dass jeder mal, mit Ausnahme von Hilde und Priska, mit Wasser gefüllten Schuhen den Heimweg antreten musste. So vernünftig immerhin waren wir.

Es ging hauptsächlich darum, wer am weitesten schlittern konnte. Anlauf, Sprung aufs Eis, und dann gucken, dass man das Gleichgewicht nicht verlor. Es gab die Variation, es auf einem Bein so weit wie möglich zu schaffen. Das war komplizierter, und man handelte sich eine Menge blauer Flecken ein. Nämlich gestürzt war schnell, und das Eis so hart wie Beton. Wir waren jedoch hart im Nehmen.

12. September 2024

Die Wahl fiel auf ein Kachelofengestell mit den Maßen einhundertachtzehn Zentimeter Höhe, und dreißig Zentimeter im Geviert für den Rahmen, der einst die Kacheln gehalten hatte. Der Rahmendeckel mit dem Rauchabzugsstutzen war mit Gussornamenten verziert. Noch war das Eisen unbehandelt.

„Das ist ein schönes Stück", nickte Peter anerkennend. „Ich empfehle einen mattschwarzen Anstrich." Er bückte sich und zog eine ockerfarbene Glasplatte aus einem Regal, die er zur Demonstration von außen in den Rahmen steckte. „So etwa der Hintergrund, oder" – er nahm eine andere Scheibe in hellblau, - „vielleicht so. Bei Hellblau kommen die gelben Blütenblätter der Butterblume besser zur Geltung."

„Hm, oder beide", meinte Pit. „Oder vier verschiedene. Wir haben ja immerhin vier Seiten. Ocker, Hellblau, Rot und vielleicht – vielleicht – ein helles Grün?"

Peter bückte sich erneut zum Regal und förderte zwei weitere Scheiben zutage. „Und?", fragte er. „Viermal das gleiche

Motiv, oder vier verschiedene? Eliza hat mir vier gepresste Pflanzen gegeben."

Pit rieb sich das bärtige Kinn. „Vier verschiedene", antwortete er, doch es klang wie eine Frage.

Peter sprach Klartext. „Das kostet dann aber entsprechend und dauert viel länger."

„Ääääh …?"

Peter erklärte es: „Bei vier gleichen Motiven kann ich mit Schablonen arbeiten. Bei unterschiedlichen wird jedes einzelne Teil, ob Stängel, grüne Blätter oder Blütenblätter, separat hergestellt. Dauert viermal länger …"

„… und kostet viermal mehr", beendete Pit den Satz.

Peter breitete die Arme aus: „Du sagst es."

„Das ist ein Argument." Pits Hand wechselte vom Kinn in den Nacken. „Das will ich nicht allein entscheiden, Peter. Da muss ich Eliza fragen."

„Nichts leichter als das", lächelte Peter vergnügt. „Meine ich doch, sie vorhin gesehen zu haben."

Frühling 1960

Es sollten in diesem Frühling fünf Ereignisse geschehen, von denen mein Selbstbild und meine seelische Entwicklung als Kind nachhaltig beeinflusst wurden.

Wenn die Schneeschmelze einsetzte, wurde es für Gerd und mich interessant. Dann nämlich trat unser Bach über die Ufer und überschwemmte die Wiesen unterhalb der Hauptstraße. Ein breiter Strom wälzte sich dahin.

Gerd war Susis älterer Bruder. Er besuchte die zweite Klasse der Volksschule, und ich mittlerweile die erste. Wenn ich für die Hausaufgaben zu lange brauchte, kritzelte Gerd sie rasch auf meine Schiefertafel. Leider merkte es meine Mutter an der Schrift, dass nicht ich die Aufgaben geschrieben hatte. Dann nahm sie den Schwamm in die Hand und wischte die Tafel aus, sodass ich abends die Aufgaben doch noch selber schreiben musste. Es verhielt sich nämlich so, dass, seit ich in die Schule ging, Mama zur Arbeit abgeholt wurde und erst am späten Nachmittag nach Hause kam. Die Firma, für die sie arbeitete, lag in einem benachbarten Ort, der mit dem Fahrrad nur umständlich zu erreichen war.

Wir nahmen unsere selbstgebauten Schiffe mit. Zugesägte Holzbretter mit aus Nägeln und

Schnüren nachempfundenen Relings. Bei Gerd mussten es unbedingt Schiffe mit Motor sein. Segelboote fuhren ihm zu geräuschlos. Nicht, dass seine Schiffe einen richtigen Motor besaßen. Er produzierte die Motorengeräusche einfach selber mit Mund und Lippen, was er im Übrigen bei allen Spielsachen tat, die Lastwagen, Auto oder Flugzeug waren. Sehr zum Missfallen seiner Mutter, die ihn ständig ermahnte: „Gerd, du sollst nit pfludere!"

Wir stießen die Schiffe vom Ufer ab, halfen mit langen Stöcken nach, dass sie weitmöglichst auf unser Meer hinaustrieben. Ziel war es, die reißende Strömung in der Mitte zu erreichen. Gelang das nicht, holten wir unsere Dampfer wieder mit langen dünnen Bindfäden zurück, die an dem Nagel an der Spitze befestigt waren. Aber wenn eines oder beide Schiffe von der Strömung mitgerissen wurden, brachen wir in Freudengeheul aus und rannten am Ufer nebenher, bis sie entweder im Weidengestrüpp oder im Treibgut des Baches hängen blieben, um das Spiel von vorne zu beginnen.

Es war eine nasse Angelegenheit, obwohl ich Gummistiefel trug. Erst recht für Gerd, dem es nichts ausmachte, in den Hausschuhen Kapitän zu spielen. Wenigstens so lange nicht, bis seine Mutter ihm deswegen die Ohren langzog.

Mit Frühling, Sommer und Herbst dehnte sich der Bewegungsradius für uns Kinder enorm aus. Vom Mattenweg aus, der für uns gewissermaßen den Mittelpunkt des Universums darstellte, erstreckte sich unser Spielplatz in alle Himmelsrichtungen. Am meisten aber nach Westen, denn dort lagen der kleine Kastanienwald mit seinen zwei stillgelegten verlassenen Steinbrüchen, darüber das breite Band der Rebhänge, und wiederum höher der nächste Mischwald mit Ausdehnungen nach Norden bis zum großen Steinbruch, in dem mein Papa arbeitete, und nach Süden bis ans Ende der Welt.

Doch wer waren wir?

Wenn sich die Kinder aus unserer Straße vollzählig trafen, waren wir zu zehnt. Die zehn Getreuen. Das bedeutete jedoch nicht, dass wir immer komplett anwesend waren. Oft fehlte die/der eine oder die/der andere, oder auch mehrere. Volle Kanne alle da, das kam eher selten vor. Aber wenn, dann waren wir zu zehnt. Fünf Mädchen und fünf Buben. Rosi, Hilde, Priska, Susi, Cornelia, Gottfried, Markus, Frieder, Gerd und ich, Peter. Peter Seibelt.

Davon bildeten fünf den harten Kern. Das waren:

Meine Schwester Cornelia Seibelt, acht Jahre,

Gerd Gruber, sieben Jahre,

Susi Gruber (Gerds Schwester), fünf Jahre,

Frieder Müller (Gerds und Susis zugezogener Nachbar), sieben Jahre,
Ich, sechs Jahre.
Unsere Häuser standen am engsten zusammen.

Die anderen fünf waren:
Gottfried Brändle, sieben Jahre,
Markus Brändle(Gottfrieds Bruder), fünf Jahre,
Rosi Fichtner, sieben Jahre,
Priska Heintze, sechs Jahre,
Hilde Hausmann, fünf Jahre.

Der besagte Mattenweg war mit Schotter und Sand befestigt. Wir spielten dort Fangen, Verstecken, Kette durchbrechen, Krieg erklären, Himmel und Hölle, Gummitwist, Seilspringen, Zirkus, Fußball, Vorrücken, Federball, Topfschlagen, Bäckerei, Krankenhaus, Heiraten uvm.

Mein Opa lehrte mich dort auf seinem großen Herrenrad das Radfahren. Dabei hing ich mit meinen kurzen Beinen schepp wie ein Schick am Elf-Uhr-Zug zwischen Pedalen und Rahmenstange. Etwas anderes hatten wir nicht, und irgendwie ging´s.

Es war ein eigener Kosmos, in dem wir lebten und spielten, ungeachtet dessen, in welchen Verhältnissen unsere Eltern zueinander standen. Dass es zwischen den einen und den anderen Erwachsenen im Gebälk knirschte und Unfrieden herrschte, kriegten wir, wenn überhaupt, nur am Rande mit. Was uns Kinder betraf, gab es seitens der Eltern weder ausgesprochene Kontaktverbote noch Neid oder Missgunst untereinander. Vorbehaltlich.

Mein Papa war Baggerführer im Steinbruch. Solange ich noch nicht zur Schule ging und Mutter noch nicht zur Arbeit, gehörte es zu meinen spannenden Aufgaben, Papa das Essen zu bringen. Dann trug ich kurz vor Mittag den sogenannten Henkelmann in einer Tasche zum Steinbruch. Und sobald ich den letzten Bauernhof passiert hatte und ich in das gewaltige Loch des Steinbruchs hinunterschauen konnte, erfasste mich unermesslicher Stolz. Denn ich sah von oben Papas riesigen blauen Bagger. Oft genug blieb ich stehen und bewunderte, wie er mit Armen und Beinen die eiserne Maschine bewegte. Er zog zum Beispiel an einem Hebel, und dann hob oder senkte sich der Baggerarm mit der Schaufel dran. Über einen anderen Hebel öffnete er die Klappe der Schaufel und Steine so groß wie ich fielen auf einen Lastwagen. Das alles ging unerhört laut vonstatten. Der Baggermotor war laut, und die Steine donnerten mit Getöse auf die Ladefläche des Lasters.

Dort musste ich also hin, und je näher ich kam, desto monströser wuchsen die Steinwände und der Bagger vor mir in die Höhe. Ich war ein Zwerg gegenüber all dem.

Wenn Papa mich entdeckte, wusste er, dass es Mittagszeit sein musste, und er stellte den Motor des Baggers ab. Wir unterhielten uns kaum. Ich übergab ihm die Tasche mit dem Essen drin, und das war´s. Aber einmal zeigte Papa mir ein zauberhaftes kleines Wunder. In einem Loch des Baggerarms, wo Stahlseile vibrierend und unter hoher Spannung stehend hindurchliefen, hatte ein Vogel ein Nest gebaut und brütete dort trotz allen Lärms die Eier aus.

Abends, wenn Papa Feierabend hatte, wartete ich oft am Gartentor auf ihn. Wenn ich ihn in der Ferne vom Steinbruch auf die Hauptstraße einbiegen sah, sprang ich ihm entgegen. Dann nahm er meine Hand, und wir gingen Seite an Seite nach Hause. Er mit seinen schweren Schritten, und ich voller Stolz daneben. Ja, ich verehrte ihn wie einen Helden.

Mit Beginn meiner Schulzeit fielen allerdings die mittäglichen Kuriergänge zum Steinbruch flach.

Ich war mir nicht sicher, ob es ein Privileg oder eine Pflicht sein würde, in die Schule zu müssen. Oder zu dürfen. Ein Gewinn oder ein Verlust. Susi hatte noch ein Jahr Zeit. Ich fragte mich, was sie ein ganzes Jahr lang vormittags machen würde, wenn Gerd und ich nicht da waren, um mit ihr zu spielen. Dass diese meine Sorge berechtigt war, sollte sich dann, als es so weit war, herausstellen. Leider nicht zu meiner Zufriedenheit.

Warum Susi und ich nicht den Vorschuldkindergarten besuchten, lag daran, dass es eine solche Einrichtung in unserem Dorf bislang nicht gab.

Seit ich die Schule besuchte, hatte ein anderer meinen Platz an Susis Seite eingenommen. Zumindest vormittags. Nachmittags war ich ja wieder da. Und trotzdem versetzte es mir einen Dämpfer, wenn er da war. Markus Brändle.

Er war gleichalt wie Susi. Er trug den Kopf hoch, und obwohl er kleiner war als ich, brachte er es irgendwie fertig, von oben auf mich herabzusehen. Mehr noch. Er übersah mich förmlich. Markus war ein schlanker Bub, bleich, und er schien fast durchsichtig zu sein. Je weniger er mich beachtete, desto mehr schenkte er Susi seine Aufmerksamkeit. Ihr war das gehupft wie gesprungen. Sie behandelte ihn wie mich gleichermaßen, und das fuchste mich schon arg, denn Markus war ein Einschleimer erster Güte. Er war weich, er war sanft, und er konnte ganz blasiert tun, als käme er direkt aus dem Rokokozeitalter. Dazu sprach er ein affektiertes Kinder-Hochdeutsch, dass mir die Ohren abfaulen wollten.

Am unausstehlichsten war er, wenn wir Hochzeit spielten. Markus wollte die meiste Zeit heiraten, und er wollte immer nur Susi heiraten. Merkte sie denn nicht, wie er sie anbaggerte?

Oftmals war ich der Pfarrer, der die Trauung vollzog, und das stank mir gewaltig, sah ich in Markus Augen doch den Triumph. Oder war ich einfach nur eifersüchtig?

Wir veranstalteten die Hochzeiten mit allem Brimborium. Blumenmädchen, Trauzeugen, Eheringe (aus dem Kaugummiautomat) und *Sie dürfen die Braut jetzt küssen*. Markus nahm Susi dabei in die Arme wie *Rhett Butler* die *Scarlett O'Hara*, beziehungsweise *Clark Gable Vivien Leigh* in *Vom Winde verweht*.

Wenn aber ich den Bräutigam spielte und Markus der Pfarrer sein musste, unterschlug er den Satz mit dem Kuss. Wahrscheinlich mit Absicht. Das wurmte mich. Als er ihn zweimal nacheinander nicht gesagt hatte, stellte ich ihn zur Rede.

Aber er hob die Nase noch eine Spur höher als ohnehin schon und antwortete: *„In der Kirche musst du tun, was der Pfarrer sagt."*

Ich sagte: *„Dann spielen wir das nicht mehr. Ohne Kuss ist das Spiel langweilig."*

„Pfff", machte er und erwiderte: *„Dann musst du ein Leben lang ledig bleiben."*

So ein Zinnober.

*

Dann fielen zu jener Zeit erste Wermutstropfen in meine heile Welt.

In jenem Jahr, ich war noch sechs Jahre alt, spielte ich allein und selbstvergessen auf unserem Gartenweg. Vielleicht war es bezeichnend, dass ich selber gar nicht wusste, was ich eigentlich spielte oder wie das Spiel hieß. Aber ich spielte …

Da ging das Gartentor auf und Papa kam heim. Ich hatte ihn nicht bemerkt. *„So spielt man aber nicht!"*, hörte ich ihn sagen, und seine Stimme klang hart und schroff. Er blieb nicht etwa bei mir stehen, um mir zu erklären, was er meinte, sondern ging einfach weiter aufs Haus zu, die Treppe hinauf und ins Haus hinein.

Dass Papa bei der Arbeit vielleicht Ärger gehabt haben konnte und deswegen unwirsch war – so weit reichte meine Vorstellung nicht.

Ich jedenfalls stand da, mutterseelenallein, und verstand nicht, was an meinem Spiel falsch gewesen sein konnte. Seither und fortan stellte sich mir, wenn ich alleine spielte, die Frage, ob es überhaupt ein richtiges Spiel war. Um nicht ständig auf die Frage zurückgeworfen zu werden, hörte ich bald auf, allein zu spielen, weil ich nicht sicher war, wie *richtiges* Spielen geht. Und weil ich meinen Papa für einen Held hielt, der alles wusste und keine Fehler machte, fragte ich nie nach. Wie hätte ich an seinem Wort zweifeln sollen? Da ich mir dumm vorkam, musste der Fehler bei mir liegen.

Rosi, das Mädchen mit dem Davoser Rodelschlitten, hatte von ihrem Vater eine neue Schaukel bekommen. Im Vergnügungspark würde man sagen: Eine neue Attraktion.

Sie hing an langen Seilen an einem Balken in ihrer Scheune, und man saß auf einem Brett. Kein anderer von uns konnte solch eine tolle Schaukel sein eigen nennen, und sie strahlte eine magische Anziehungskraft aus. Rosis Mutter war es gar nicht recht, dass plötzlich die Scheune und der Platz davor von einer Bande Kinder in Beschlag genommen wurden. Es konnte ja immer nur einer auf der Schaukel sitzen. Sie fürchtete um ihre Blumen- und Gemüsebeete, denn die Spiele, die wir sonst auf dem Mattenweg durchzogen, verlagerten wir nun in ihren Hof. Da flog schon auch mal ein Ball dorthin, wohin er nicht sollte, trat der eine oder andere aus Versehen in ein Beet. Dann schimpfte sie und drohte mit der Schließung des Scheunentors. Gemacht hat sie es aber nie.

Wer auf die Schaukel durfte, wurde vorher ausgezählt. Ein Kind spielte das blinde Orakel, während ein anderes mit dem Finger auf dasjenige zeigte, das in der Reihenfolge als nächstes dran kam. Zum Beispiel: *Klopf, klopf, klopf, welche Nummer soll dieses Kind sein? Nummer neun.* Sogar Rosi, der die Schaukel gehörte, musste sich an die Vorhersage des Orakels halten. Sie konnte ja, wenn alle wieder weg waren, so lange schaukeln wie sie wollte.

Das ging eine ganze Weile so, bis die Attraktion an Anziehungskraft verlor und wir uns nach einer anderen Spielwiese umschauten.

12. September 2024

Bernadette Wolff ging voraus. Die Treppe hoch zu den oberen drei Zimmern. „Zieh´ den Kopf ein", sagte sie auf halber Höhe, „es ist hier etwas niedrig. Du kannst übrigens Beni zu mir sagen."

Sie erreichten den oberen Flur, wo ein Dachfenster Licht spendete, sodass einige genügsame Pflanzen gehalten werden konnten. Eliza erkannte darunter einen Ficus, dem der Platz allerdings nicht allzu gut zu gefallen schien. Einige seiner Blätter lagen auf dem Fußboden.

„Wir haben hier oben Peters Büro, ein Gästezimmer und mein kleines Schlafzimmer. Peter und ich haben herausgefunden, dass wir mit getrennten Betten besser schlafen", erklärte sich Beni.

„Haben wir auch so", sagte Eliza unumwunden, „und nur gute Erfahrungen damit gemacht. Aber hast du nicht auch dein eigenes Atelier? Oder wo zeichnest und schreibst du?"

„Unten. Zeig´ ich dir nachher."

Sie wandelten durch die Räume. Eliza druckste ein wenig herum, bevor sie fragte:

„Ich hab´ natürlich Pits Bücher gelesen. Darunter auch *Schaafswinter*, was mich sehr berührt hat. Wie … wie … geht´s euch beiden nach jenen tragischen Ereignissen? Peter und … ja, auch dir, Beni?"

Auf Benis Lippen erschien ein sanftes Lächeln. Ihre Augen wurden unergründlich tief. „Es ist gut, dass wir einander haben. Zweifellos. Jederzeit füreinander da, wenn du verstehst, was ich meine. Was Peter betrifft – ganz geheilt wird er von seinem Schmerz in diesem Leben nicht mehr. Man begreift sein Leiden am besten aus seinem Gitarrenspiel. Ein fröhliches Lied wird man von ihm nicht hören. Aber unsere Liebe ist stark."

Eliza ließ Benis Worte in sich ausbreiten, wie eine Sahnewolke in einer Tasse Tee.

„Schau", lenkte Beni sie ab und öffnete eine Glastür, „hier ist unsere Veranda. Komischerweise nehmen wir sie so gut wie nie in Anspruch, obwohl praktisch alles vorhanden ist, was man für einen Aufenthalt braucht. Ein Dach, Tisch, Stühle, Liegestuhl, Sonnenschutz. Ha, keine Ahnung, woran es liegt."

Eliza lugte zur Tür hinaus. Tatsächlich schaute sie auf eine beeindruckende Veranda von circa fünf auf vier Meter Fläche, gab jedoch außer dem Wörtchen „schön" keinen weiteren Kommentar dazu ab.

„Gehen wir nach unten", beschloss Beni. „Zu meinem Atelier."

Auf der Treppe machte es bumms. „Autsch", tönte Eliza, „mein Kopf."

„Oh, entschuldige, ich vergaß die Warnung", kicherte Beni.

„Nicht schlimm. Hab´ ja selber Augen im Kopf."

Sie betraten Benis Atelier. Eliza ließ sich sofort von dem Flair aus Kreativität, Fantasie und Schöpfung gefangen nehmen.

Frühling 1960

Auf dem Heimweg von der Schule kam ich immer am Haus des dicken Willi vorbei. Er ging mit Cornelia in dieselbe Klasse, brauchte aber für die Strecke von der Schule nach Hause doppelt so lange wie die anderen. Was gewiss an seinem Gewicht lag.

Seine Eltern ließen ihn nicht oft draußen spielen. Wenn wir ehrlich waren, war er auch zu keinem Spiel zu gebrauchen. Er konnte nicht rennen, nicht springen, nicht klettern – er konnte nichts. War er trotzdem mal außerhalb seines Gartens, demonstrierten wir ihm, zu was wir alles fähig waren. Zum Beispiel im Höchsttempo barfüßig über die Schottersteine des Mattenweges zu rasen. Oder auf einer Mauer zu balancieren und runterzuhopsen. Bei Aufforderung, es uns gleichzutun, lehnte er immer ab. Ja, wir konnten ganz schön gemein sein.

Der Garten um das Haus seiner Eltern war eingezäunt. Aber damit nicht genug. Auf den Zaun war eine dreifache Reihe von Stacheldraht montiert, als hausten dahinter gefährliche Tiere. Das Gartenzauntor war immer abgeschlossen. Kam Willi nach Hause, musste er zuerst klingeln. Dann kamen entweder seine Mutter oder seine Tante aus dem Haus und ließen ihn hinein.

Aber Willi besaß etwas, was ich nicht besaß. Er hatte ein Dreirad. Dieses sah ich eines Mittags im Hofe stehen.

Die Versuchung war zu groß. Nachdem ich meine Hausaufgaben erledigt hatte, stahl ich mich zu dem Garten hin. Ein Zaun stellte für mich kein Hindernis dar. Und auch der Stacheldrahtaufsatz konnte mich nicht abschrecken – und nicht abwehren.

Im Nu war ich hinüber, und schon kurvte ich auf dem Dreirad durch Willis Garten.

Es blieb nicht unbemerkt. Willis Mutter und Tante eilten aus dem Haus und waren zunächst sprachlos. Hatten sie doch extra einen Hochsicherheitszaun gebaut, damit gerade das, was ich tat, nicht passieren durfte.

Meine Mama, die zufällig an diesem Tag frei hatte, kam des Weges und wurde von den beiden Frauen entrüstet angegangen. *Was um alles in der Welt mir eingefallen wäre, in ihren Garten einzubrechen? Extra dieser dreifach gesicherte Zaun, und dann klettert einfach der Kerl ...* und so weiter.

Mama ließ sich nicht einschüchtern und lachte. *„Entschuldigen Sie, Frau Käshammer, dass ich lache, aber haben Sie wirklich Angst vor einem sechsjährigen Buben? Seien Sie unbesorgt, er wird Ihnen nichts tun und nichts stehlen. Aber Sie sehen ja, dass dieser Stacheldraht Unsinn* *ist. Wenn ein Kind ohne Weiteres darüberklettern kann, dann kann es ein Erwachsener erst recht. Es sei denn, Sie haben den Zaun gebaut, damit Ihnen der Willi nicht wegläuft. Einen schönen Tag wünsche ich Ihnen. Komm Peter."*

Da ließ ich das Dreirad stehen und kletterte, wie ich gekommen war, flink über den Zaun hinweg und ging an Mamas Hand nach Hause. Im Stillen hoffte ich, dass sie die kleine Episode richtig zu deuten vermochte und mir zum Geburtstag ein Dreirad schenken würde. Als das jedoch nicht geschah, dachte ich, dass meine Hoffnung vielleicht doch allzu still gewesen war.

*

Noch im gleichen Frühling unternahmen wir einen Sonntagsausflug mit dem Zug in den Karlsruher Zoo. Mama, Papa, Cornelia und ich. Vom Bahnhof Karlsruhe zum Zoo war es nicht weit. Man konnte die Strecke gut zu Fuß zurücklegen. Cornelia und ich vorneweg. Plötzlich hörte ich von hinten Papas Stimme: *„Geh´ mal richtig!"*

Hä? Was meint er?, dachte ich und ging weiter.

„Du sollst mal richtig gehen!"

Ja, doch, ich war gemeint. Aber was meinte er mit richtig gehen? Ich ging doch. Und ging weiter.

Da bekam ich einen Schlag auf den Hintern. *„Hast du nicht gehört? Du sollst richtig gehen. Die Knie durchdrücken und nicht laufen wie ein Bauer!"*

Mama flüsterte Papa etwas zu, das ich nicht verstand, und griff nach seinem Arm, um ihn zu besänftigen.

„Ach, ist doch wahr", maulte er zurück. *„Man muss sich ja schämen!"*

Da stand ich nun wie ein Häufchen Elend. Knie durchdrücken.

Ich probierte so zu gehen, und stakste dabei wie ein Roboter. Und wohin mit den Armen? War es jetzt richtig, die Arme kreuzweise zu schwingen, oder wie ein Kamel im Passgang zu gehen? Ich war komplett verunsichert und verstand die Welt nicht mehr. Papa hieß mich, hinter ihnen herzugehen, damit er mich nicht dauernd sehen musste.

Von den Tieren im Zoo bekam ich nicht viel mit. Ich suchte Mamas Nähe, versteckte mich scheu unter ihrem Arm und sprach an diesem Tag kein einziges Wort mehr.

*

An Markus′ und Gottfrieds Haus, das der Familie Brändle, war im rechten Winkel eine Scheune angebaut. Der Giebel der Scheune zeigte zum Hang. Im Giebel befand sich ein Tor, das sich von außen öffnen ließ. Zwischen Giebel und Hang verlief ein betonierter Weg.

Es war Gottfrieds Vorschlag gewesen, das geöffnete Tor als Kasperletheater zu benutzen. Die Puppenspieler fanden hinter einer waagerechten Stange und einem darüber drapierten Betttuch Platz. Die Zuschauer hockten auf dem Hang. Es sah beinahe wie eine altrömische Theateranlage aus.

Gespielt wurde aus dem Stegreif. Als Darsteller fungierten allerlei Puppen und Plüschtiere. Ich zum Beispiel bevorzugte meinen Teddybär.

Ohne sich dessen bewusst zu sein, ließen die Puppenspieler Szenen aus ihren eigenen Erfahrungen im jeweiligen Familienleben einfließen. Insofern war das für mich problematisch, weil ich ja nicht Papas Kritik an meiner Spielweise oder der Art zu gehen preisgeben konnte. Wie wäre ich vor den anderen dagestanden? Darum versuchte ich, mich so oft wie möglich vor der Rolle des Puppenspielers zu drücken. Und wenn es doch unausweichlich war, erfand ich irgendwelchen blöden Mist. Mein Teddy half mir dabei.

*

Eines Werktags wurde ich geheißen, im Nachbarort Rotsandern im Sandertal eine bestimmte Sorte Schrauben zu holen. Das war eigentlich keine große Sache. Luftlinie betrug die Entfernung vielleicht einen Kilometer – für einen Springinsfeld wie mich ein Katzensprung. Ein Fahrrad besaß ich noch nicht. Ich hatte schon des Öfteren in Rotsandern eingekauft. Kleine Dinge.

Schrauben also vom Eisen-Michel. Ich war allein in dem Laden und gab meine Bestellung auf.

Als es ans Bezahlen ging und ich das Geld aus der Geldbörse kramte, fragte mich der Verkäufer:

„Gell, du bist aus Weinbuch?"

„Ja", antwortete ich wahrheitsgemäß und dachte nichts weiter dabei.

„Das merkt man", sagte er geringschätzig und schob mir das Wechselgeld hin.

War ich auf dem Hinweg noch wie Emil Zatopek gerannt, schlich ich auf dem Rückweg mit schwerbeladener Kinderseele wie eine Schnecke. Es ging mir nicht mehr aus dem Kopf. *Das merkt man.*

Was war bloß los mit mir? Was machte ich falsch? Hatte ich zwei linke Füße, zwei linke Hände?

Doch es kam noch schlimmer.

Am Wochenende sollte das jährliche Sportfest des Fußballvereins stattfinden. Freitags bauten die Kicker das Festzelt auf. Es war eingebürgerter Usus, dass Kinder fünfzig Pfennig erhielten, selten auch mal eine Mark, wenn sie halfen, die Biertischgarnituren aufzustellen. Für fünfzig Pfennig konnte man beim Bäcker einiges an Süßigkeiten kaufen. Also half ich auch. Den Tipp hatte ich von Konrad, der im Verein SV Weinbuch Fußball spielte.

Die Idee hatten auch andere Kinder, die ich allerdings nur entfernt aus der Schule kannte. Eine oder zwei Klassen über mir, von irgendwoher im Dorf. Aus unserer Mattenwegbande war niemand da, was mich ein wenig wunderte.

Auf dem Platz vor dem Zelt lag eine lange Leiter auf dem Boden. Bald war sie Objekt für ein Kinderspiel. Wer konnte am schnellsten über die Leiter rennen, ohne die Sprossen zu betreten?

Rennen hatte ich schon immer gut können, also rannte ich, wie die anderen, mit schnellen Trippelschritten über die Leiter. Ich hatte nicht den Eindruck gehabt, dass ich auf eine Sprosse getreten war, denn ungeschickt und unfair war ich nicht.

Doch plötzlich hieß es, eine Sprosse sei gebrochen. Draufgetreten, durchgetreten, kaputtgemacht. Und rasch war der Schuldige ausgemacht. Ich.

Die anderen packten mich und schleppten mich ins Zelt hinein, wo einer der Kicker, ein dicker Kerl mit Eunuchenstimme, auf einer Bank saß und Bier aus einem Glas trank. Vor ihm stellten sie mich auf und beschuldigten mich, die Leitersprosse zerbrochen zu haben.

„Soso", sagte der Dickwanst. Er hob das volle Glas Bier und schüttete es mir über den Kopf. Dabei kicherte er wie blöde.

Schnell rannten die anderen Kinder davon. Ich trottete, über und über nass und nach Bier stinkend, weinend nach Hause. Gottseidank war Mama daheim. Ich erzählte ihr, was geschehen war und dass ich die Leiter nicht kaputt gemacht hatte. Sie tröstete mich und sagte: *„Ich kenne den Kerl. Er ist nicht ganz normal."*

*

Es breitete sich wie ein Lauffeuer im Mattenweg aus. Wie ein Steppenbrand in der Serengeti. Wie eine eingetretene Weissagung. Die Sensation:

Das Fernsehen war da. Das heißt: Der erste Fernseher im Mattenweg war eingetroffen.

Wo? Wer?

Man sah es an der Antenne auf dem Dach. Bei Brändles.

Genauer bei Markus und dessen älterem Bruder Gottfried.

Das Dorfgespräch schlechthin.

Mit Theateraufführungen in Brändles Scheune war es vorbei. Anstatt selber kreativ zu sein, ließen wir uns jetzt mit US-Amerikanischen Fernsehkonserven berieseln, und schon bald richteten sich unsere gewohnten Spielzeiten nach den Sendezeiten von *Fury* und *Lassie*.

Kurz vor Sendebeginn belagerten wir Brändles Haus. Als es dann soweit war und wir eingelassen wurden, verteilten wir uns im Halbkreis vor der Flimmerkiste. Teils saßen wir auf Stühlen, teils auf dem Boden. Es war fast wie im Kino, nur ohne Eintrittskarte.

Dieses erste Fernsehgerät nutzte Markus unglücklicherweise für seine eigenen Zwecke. Er übte, unübertrieben, Macht aus. Trug er den Kopf schon als Pfarrer ziemlich hoch, dass man dachte, eine Steigerung sei nicht möglich, setzte er jetzt noch einen drauf und behandelte uns wie Bittsteller. Und alle, ich inklusive, versuchten sich auf guten Fuß mit ihm zu stellen. Und Markus nutzte das weidlich aus. Er hielt Hof wie ein König und bestimmte, welche Spiele gespielt und wie sie gespielt wurden. Wer ihm widersprach, den schloss er kurzerhand vom Fernsehschauen aus.

Freilich war es eine Macht auf Zeit. Denn bald zogen die Fernsehgeräte auch in die anderen Häuser ein und man war auf Markus' Gunst nicht mehr angewiesen.

Grundsätzlich aber bildete das Fernsehen während der Einführungsphase für unsere Mattenwegbande eine Art Zäsur. Es wurde ein Teil des täglichen Lebens und somit zur Normalität. Auf einmal gehörten *Fury* und *Lassie* wie selbstverständlich zu unseren Spielen. Und wer über das Fernsehen und seine Sendungen nicht Bescheid wusste, konnte nicht mitreden. Dafür waren wir nur noch gelegentlich komplett und vollzählig.

*

Der Frühling war fast vorbei und der Sommer kündigte sich an. Es war heiß, die Sonne brannte vom Himmel, und es war Samstag.

Ich sollte Gras rupfen, das seitlich von der Rabatte wucherte. Oma war das Gras ein Dorn im Auge. Solche Arbeiten machte ich gerne, denn ich konnte dabei träumen und meinen Gedanken nachhängen.

Unser Haus lag mit der Vorderseite an der Hauptstraße, aber es kamen selten Autos vorbei. Die wenigsten Leute im Dorf besaßen ein Auto. Es gab auch noch keine Traktoren. Die Bauern spannten Pferde oder Ochsen vor die Wagen, wenn sie Viehfutter von den Wiesen holen wollten. Deswegen war jedes Motorengeräusch schon gleich mal eine Sensation.

So auch an jenem Samstag. Ich kauerte in der Hocke und zog das Gras aus der Erde, als ich einen Motor hörte, wie ich ihn noch nie gehört hatte. Ich stand auf und guckte auf die Straße. Dann fiel mir die Kinnlade runter. Da fuhr vor meinen eigenen Augen ein Düsenjäger die Hauptstraße entlang. Ein silbergrauer Düsenjäger, wie ich ihn schon auf Bildern gesehen hatte. Er fuhr nicht mal so schnell, wie ich gedacht hatte, Düsenjäger seien genau das: schnell. Nein, er fuhr langsam und ich glotzte ihm hinterher, bis er hinter der Raiffeisengenossenschaft verschwunden war. Mannomann, wenn ich das jemandem erzählte – ein richtiger Düsenjäger. Mit Stummelflügeln und Pilotenkanzel.

Ein Gedanke schwirrte mir durch den Kopf: Vielleicht könnte ich meinen ramponierten Ruf bei Papa etwas aufmöbeln, wenn ich es ihm erzählen würde.

Also sauste ich los, den Gartenweg hoch zum Haus, die Außentreppe hinauf, die Holzstiege hinauf, hinein in die Küche. *„Papa, Papa, gerade eben ist ein Düsenjäger vorbeigefahren!"*, rief ich begeistert.

„Was?", fragte er.

„Ein Düsenjäger. Gerade eben. Auf der Straße."

„So ein Schwachsinn", antwortete er, schüttelte den Kopf und steckte die Nase wieder in die Zeitung.

„Aber ich hab´ ihn selber gesehen, Papa."

„Du bist ein Dummkopf. Düsenjäger fahren nicht auf der Straße." Er schaute mich nicht mal mehr an.

Ich verdrückte mich enttäuscht. Konnte ich meinen eigenen Sinnen nicht mehr trauen? Ich hatte ihn doch gesehen, den Düsenjäger. Gesehen.

12. September 2024

„Meine Güte, wo bleibt ihr denn so lange? Ihr habt doch wohl nicht schon mit der Lampe begonnen?"

„Warum? Was eilt?", fragte Peter zurück.

„Nichts. Ich mein´ ja bloß", entgegnete Beni trocken.

„Ohne Anfang kann es kein Ende geben", philosophierte Peter, „und heute haben wir angefangen. Gell, Pit?"

Pit knurrte Unverständliches.

Eliza blätterte in tiefer Versunkenheit lose Zeichnungen von Beni durch. Als sie Pit bemerkte, erhellte sich ihre Miene. „Falls du mal wieder eine Illustratorin für eine deiner Geschichten suchst – ich kann dir Beni nur wärmstens empfehlen."

„Eigentlich bin ich in dieser Hinsicht daheim prima aufgestellt", antwortete er und guckte ihr über die Schulter.

Sie hielt ihm eine der Zeichnungen vor die Nase. „Gut, ne?"

„Absolut", bestätigte Pit und legte flüsternd nach: „Aber das bist du auch."

Beni schaute indessen auf die Uhr. „Wie steht´s, Herrschaften? Ihr bleibt doch sicherlich zum Essen?"

„Ui, das klingt aber sehr verdächtig nach einer Einladung", frotzelte Pit.

„Ich warne euch davor, abzulehnen. Also?"

„Okay, wenn wir müssen?"

Sommer 1960

Dann war der Sommer da, und nur noch wenige Tage bis zu den Sommerferien. Meine ersten Sommerferien.

An einem dieser Tage fiel nachmittags starker Regen. Sogar die Hühner samt Gockel hatten sich in den Stall geflüchtet.

Ich war mit den Hausaufgaben fertig, und mir war langweilig. Trübsinnig guckte ich nach draußen. Susi und Gerd schnitten Grimassen hinter ihren Fensterscheiben. Aber auch das fand durch das Eingreifen ihrer Mutter rasch ein Ende.

Wenn nichts lief – in Omas Küche lief eigentlich immer etwas. Ich also die Treppe runter und in ihre Küche geplatzt. Siehe da, wer lag dort faul auf dem Sofa? Konrad. Papas Bruder.

Mama hatte gesagt, dass er zurzeit arbeitslos war. Aller Wahrscheinlichkeit nach hatte er mal wieder alles besser gewusst, es hatte einen Streit gegeben, und er hatte daraufhin gekündigt. Nicht das erste Mal, wie Mama sagte. Und da lag er nun und tat, als schliefe er.

Haha, mich legte er nicht herein. Ich fing an, ihn ein wenig an den Fußsohlen zu kitzeln. Gell, und schon war er wach. Er schnappte mich und kitzelte mich seinerseits, bis ich vor Lachen nicht mehr konnte und er mich losließ. Ich ging weg. Aber nur zwei Meter. Dann drehte ich mich um, kurzer Anlauf, und hechtete auf ihn drauf. Im Nu war die herrlichste Balgerei im Gange. Auch Konrad hatte seinen Spaß dabei. Denn sobald ich wieder etwas Luft und Spielraum hatte, nahm ich erneut Anlauf und warf mich auf ihn drauf. So ging es ein paar Mal, bis Oma schließlich Einhalt gebot. Ihr war das alles eine Spur zu laut und zu wild.

Ich kam mit Konrad im Grunde gut aus. Nur war er selten zu Hause. Entweder er war auf Arbeit, so er denn welche hatte, oder er kam erst spät in der Nacht heim, wenn alle anderen schon schliefen.

Am Abend, bevor ich schlief, fragte ich mich, warum ich nicht auch mit Papa so herumtollen konnte wie mit Konrad. Schließlich stand in unserer Küche ebenfalls ein Sofa.

Plötzlich waren sie da, die Großen Ferien, wie sie in unserem Sprachgebrauch hießen. Von einem Tag auf den anderen. Sozusagen über Nacht.

Bis auf Priska, die wegen ihrer schwächlichen Konstitution in ein Erholungsheim geschickt worden war, waren wir alle zusammen. Unten an den Entwässerungsgräben und natürlich am Bach.

In den Gräben zappelten jede Menge Kaulquappen. Rossköpfe, wie wir sie nannten. Frösche im Entwicklungsstadium. Ich hatte, wie einige andere auch, ein Einmachglas dabei. Die Rossköpfe einzufangen war leicht. Sie schwammen fast von allein in die Gläser hinein. Wir beobachteten sie eine Weile, und entließen sie dann in die Freiheit. Es würde morgen wieder welche geben, und dann bereits welche mit ausgebildeten hinteren Gliedmaßen.

An einer Stelle unter zwei mächtigen Erlen hatte sich der Bach ein breites Bett zugelegt. Hier würden wir die Staumauer bauen, um den Bach dahinter aufzustauen. Wer nicht sowieso schon barfüßig war, zog Socken und Schuhe aus. Noch reichte uns das Wasser gerade bis an die Waden.

Wir sammelten Steine und häuften sie zu einem Wall quer durch den Bach. Mit Grassoden, die wir aus der Wiese brachen, stopften wir die Löcher. Cornelia brachte die meiste Erfahrung im Dammbau mit. So legte sie ihn in einer leichten Kurve an, den Bogen bachaufwärts gerichtet. Sie sagte, so könne der Damm mehr Wasserdruck aushalten.

Der Pegel des Wassers stieg langsam aber stetig an. Bald stand uns das Wasser bis über die Knie. Bei einer jungen Erle auf dem jenseitigen Ufer hatte der Bach einen Gumpen ausgewaschen. Wir machten eine Mutprobe daraus. Wer sich am weitesten hinein wagte, hatte gewonnen.

Der Preis ging an meine Schwester. Sie war die einzige von uns, die schwimmen konnte. Dass dabei ihr Kleid vom Saum bis zur Schulter nass wurde, war ihr egal. Sie hatte lediglich die langen Haare über dem Kopf zusammengehalten und war hineinmarschiert. Nasse Kleider ließen wir am Leib trocknen. Kein Problem im Sommer. Lästig waren nur die Blutegel, die wir nach dem Bad von der Haut zupften.

Wir wussten, dass der Damm die Nacht nicht überstehen würde. Das war noch immer so gewesen. Dann bauten wir ihn halt am nächsten Tag wieder auf.

Allerdings war nix mit Wiederaufbau für mich. Opa hatte mich für sich reserviert. Die Fässer im Hof waren ja nicht zu übersehen gewesen.

Rechter Hand entlang der Hauptstraße wuchsen, beginnend ab der Raiffeisengenossenschaft bis weit hinter den Ortsausgang, etliche alte Birnbäume. Man sprach im Volksmund auch von der Weinbucher Allee, obwohl auf der linken Seite keine Bäume standen. Die Birnen waren klein, oft vernarbt und krumm, und wenn man in eine hineinbiss, würgten sie im Hals. Im Grunde waren sie ungenießbar.

Als Straßenwart hatte sich Opa das ungeschriebene Recht erworben, das vom Baum gefallene Obst aufzulesen und daheim zu verarbeiten. Bei ungefähr zwanzig Bäumen kam jährlich eine ansehnliche Menge zusammen.

Auf unserem Grundstück standen insgesamt sechs Bäume. Zwei Zwetschgenbäume und vier Apfelbäume. Die Äpfel waren alte Sorten, als Tafelobst nicht geeignet. Aber für Most waren sie gut genug. Birnen und Äpfel, die Zutaten für einen herrlichen Most.

Opa besaß für die Zubereitung natürlich die notwendigen Gerätschaften. Eine Obstmühle (in den Anfängen noch von Hand gedreht, später von einem Elektromotor angetrieben), eine voluminöse Bütte, eine handbediente Obstpresse, Trotte genannt, – und ausreichend Fässer, in denen der gepresste Apfel/Birnensaft zum alkoholischen Most reifte.

Um diese Fässer ging es, für die mich Opa brauchte. Ich war klein und schlank genug, um durch die schmale Fassöffnung ins Fass hineinzukriechen und unter Einsatz von reichlich Wasser mit der Fassbürste zu reinigen. Und da ich mich vor Opa nicht genierte, verrichtete ich die Arbeit nackt, nicht zuletzt um die Kleider zu schonen. Er selber hätte das nicht mehr so gut geschafft, und ich konnte mir Opa auch nicht nackt vorstellen. Außerdem, wenn ich schon mal drin war, musste ich mit Unschlitt, eine Art Talg, Fugen zwischen den Fassdauben abdichten. Elektrisches Licht half mir dabei, die Fugen zu finden. Aber auch mit Licht war es eine eklige Angelegenheit. Hinterher spritzte Opa mich mit dem Wasserschlauch ab.

Vier Fässer lagen im Hof vor dem Keller, und pro Fass benötigten wir gut eine Stunde. Ganz am Ende wurden die feuchten Fässer ausgeschwefelt, um sie zu konservieren. Opa verwendete dazu spezielle Schwefelstreifen, die brennend ins leere Fass gehalten wurden.

Mit Opa war ich gern zusammen. Er redete nicht viel und er kritisierte nicht an mir herum. Wenn er mich etwas hieß, wie zum Beispiel Futter für seine Stallhasen zu suchen, dann machte ich das ohne zu murren. Er hatte mir einige Stellen gezeigt, wo der Wiesenbärenklau wuchs, dessen junge Blätter sie gerne fraßen.

Überhaupt Opa und die Hasen.

Der Kälte wegen hielt er sie den Winter über im Schopf. Eigentlich zu dunkel, sorgte eine Reihe gläserner Dachziegel für ein bisschen Helligkeit. Im Frühjahr, wenn die Temperaturen milder wurden, siedelte Opa die Hasen aus dem Schopf ins Freie unter den Dachvorsprung um, wo sie bis Winteranfang blieben.

In der Regel waren es sechs bis acht Hasen, und jedem gab er einen Namen. Da saßen bekannte Persönlichkeiten in den Ställen: Ein Erhard, ein Heuss, ein Stalin, ein de Gaulle, ein Churchill, eine Zarah Leander, eine Marlene Dietrich. Opa unterhielt sich auch mit ihnen. Die Hasen kannten nicht nur seine Stimme, sondern auch seinen schlurfenden Gang. Näherte sich jemand anderer den Ställen, rasten die Hasen wie toll in den Kisten herum.

Gefüttert wurden sie mit Gras, Heu, trockenem Brot, Dickrüben, Krautstielen, Mais und Wiesenbärenklau. Es bedurfte einer kleinen Landwirtschaft, um immer ausreichend Futter zu haben.

Einige Male war ich dabei, wenn ein Hase geschlachtet wurde, vom Knüppel hinter die Ohren bis zum Spannen des Fells auf einen Rahmen. Praktisch hätte ich selber es nie fertiggebracht, aber theoretisch schon. Das Fell der Hasen verkaufte Opa an fahrende Händler, auch Lumpensammler genannt.

*

Es war Mamas Idee gewesen, dass wir Kinder einen Teil der Sommerferien bei Verwandten verbringen sollten. Während Cornelia für zwei Wochen zur Oma mütterlicherseits nach Malsch bei Rastatt fuhr, waren für mich vierzehn Tage auf dem Bauernhof meiner Großtante Engeline und meines Großonkels Otto in Hinterzarten vorgesehen. Zwei Wochen vom siebten bis zwanzigsten August.

Da Vater noch keinen Führerschein und kein Auto besaß, brachte Mama mich am ersten Tag mit dem Zug hin und fuhr am gleichen Tag wieder zurück. Am Ende der zwei Wochen holte sie mich wieder ab. Dass mein siebter Geburtstag in die Ferienzeit in Hinterzarten fallen würde, hatte man daheim wohl nicht bedacht. Aber dann war er plötzlich da. Der sechzehnte August. Mein Geburtstag.

Nachdem ich an jenem Morgen aufgestanden war und mich gewaschen hatte, ging ich mit einer Mischung aus Gefühlen, bestehend aus klammheimlicher Hoffnung und nervöser Unsicherheit, in die Küche. Hoffnung, weil ich mir wünschte, dass mir besondere Beachtung geschenkt würde; Unsicherheit, weil ich sehr schüchtern war und überhaupt nicht gern im Mittelpunkt stand.

Mein erster Blick ging zu dem Platz am Tisch, wo ich gewöhnlich saß, und sah – nichts. Keinen Kuchen, keine Kerze, kein Geschenkpapier. Nichts. Ich verspürte einen kleinen Stich der Enttäuschung. Dass zudem der Duft der gleichen Suppe wie gestern durch die Küche zog, verhieß auch nichts Neues.

Nach und nach füllte sich die Küche mit Leuten, die zum Frühstück kamen, und ich suchte in ihren Augen nach einem Zeichen des Wissens darüber, dass ich Geburtstag hatte. Es hätte ja sein können, oder? Doch sie setzten sich nur hungrig um den großen Suppentopf, der mitten auf dem Tisch stand.

Ich hab Geburtstag, wollte ich rufen, aber mein Mund blieb geschlossen. Es war mir sowieso lieber so. Wie gesagt, ich wäre nur verlegen geworden, und das wollte ich ja nicht.

Oder doch?

Onkel Otto hielt den Kopf gesenkt, als er als letzter an den Tisch trat, um das Dankgebet zu sprechen. Aber nicht etwa, weil er besonders fromm war, sondern weil es ihm die niedrige, rauchgeschwärzte Küchendecke nicht erlaubte, erhobenen Hauptes zu stehen.

„Der Herr gibt, der Herr nimmt", sprach er und legte, bevor er weiterfuhr, eine Kunstpause ein, die Tante Engeline, seine Frau, aufhorchen ließ.

„... und Herr, segne diese Suppe, die du uns nun schon zum siebten Mal bescheret hast. Amen."

Dann setzte er sich, tätschelte den Arm seiner Frau, zwinkerte sie keck an und wünschte allen *„en Guete mitenand"*.

Tante Engeline murmelte etwas vor sich hin und lächelte still in sich hinein, aber im allgemeinen Suppenschöpfen, im Geklapper der Teller und Löffel und im Geschwätz der anderen ging das unter. Sie wusste, dass sie ihren Ehemann, der manchmal ein bisschen ein Schlitzohr war, irgendwann mit *seiner Suppe* erwischen würde. Sie wirkte fast ein wenig vergnügt bei dem Gedanken.

Beim Frühstück Suppe zu essen, war bei den Bauersleuten im Hochschwarzwald durchaus üblich.

Ich liebte meine Tante. Obwohl sie als Bauersfrau immer viel zu arbeiten hatte, war sie stets gut gelaunt. Ihr Lieblingsspruch und ihr Motto lauteten: *„D´ Hauptsach isch, dass d´ Hauptsach d´ Hauptsach isch.“*

Die ersten Arbeiten im Stall waren erledigt. Man stärkte sich für das weitere Tagwerk.

Nicht immer waren so viele Leute auf dem Bauernhof wie an jenem Tag, aber das Heu musste eingefahren werden, und darum waren alle da, die helfen konnten, helfen mussten. Vor drei Tagen hatte Hermann, der älteste Sohn von Otto und Engeline, mit der Sense die große Wiese hinter dem Hof gemäht, von früh bis spät, und die beiden Tage darauf hatten die Frauen und Kinder bei glühender Sommerhitze mit

Heugabeln das Gras gewendet, damit es trocknete.

Oskar, zweitältester Sohn, der selbst zum Essen an seiner Pfeife herum biss, meinte, dass man warten müsse, bis der Tau verdunstet sei. Beez, dritter Sohn, der eigentlich Berthold hieß, sollte *Fritz*, den Ochsen führen. Übrigens befürchtete er ein Gewitter. Der Beez.

Inge war da, für die ich so schwärmte, vielleicht weil sie genauso aussah wie meine Erstklass-Lehrerin. Als gerade siebenjähriger Junge weiß man allerdings nicht immer so genau, warum man was tut. Zudem war Inge leider schon mit Beez verheiratet.

Es fanden sich noch andere Kinder Engelines ein. Thomas zum Beispiel, Engelines jüngster Sohn, der mir sämtliche Verstecke im Hof zu zeigen versprochen hatte und der, falls man ihn suchte, doch nie zu finden war.

Gleich nach der Suppe brachen wir zu der Wiese auf. Beez schirrte *Fritz*, den Ochsen, an den Heuwagen und folgte kurz danach. Die Frauen und wir Kinder rechten das trockene Gras zu langen Reihen zusammen. Die Männer spießten das Heu auf ihre Gabeln und beluden den Wagen, auf dem Thomas herumturnte und die Heuhaufen so verteilte, dass sie nicht wieder herunterfielen.

Neben der Wiese floss ein kleiner Bach und jenseits davon grasten ein paar Kühe. Hinten unterm Schwanz ragte bei einer der Kühe etwas heraus, von dem ich nicht wusste, was es war. Weil Hermann gerade in der Nähe war, winkte ich ihn her und deutete auf die Kuh. Der ließ augenblicklich seine Heugabel fallen, sprang über Weidezaun und Bach zur Kuh hin, schaute nach, drehte sich dann um und rief gellend über die Wiese: „*Die Leni kommt*".

Und schon war er wie der Blitz unterwegs zum Hof und kam wenige Minuten später mit einem Strick, einem Spaten, einer Blechdose mit irgendeiner Salbe und einer Aluminiumschüssel in den Händen zurückgehastet. Der Strick war dunkelblau und hatte an einem Ende einen Holzgriff. Wie ich später erfuhr, nannte man derartige Stricke auf dem Bauernhof einen *Kälberstrick*. Für was er die anderen Dinge notwendig brauchte, habe ich nie erfahren und ich hatte mich auch nie getraut danach zu fragen.

Unterdessen waren die anderen, alles stehen- und liegenlassend, zu der Kuh auf der Weide geeilt und standen um das Tier herum, das stark schnaufte und schwitzte. Nur Tante Engeline war zum Kopf der Kuh gegangen, umarmte den Kopf mit beiden Armen und flüsterte der Kuh besänftigende Worte ins Ohr, die kein Mensch verstand. Es hörte sich an wie ein leiser Gesang, und dabei lächelte Tante Engeline wie entrückt. Vielleicht, dachte ich damals, war es eine geheime Sprache von Frau zu Frau, oder besser gesagt, von Mutter zu Mutter.

So erlebte ich dann, wie dem *Etwas*, das hinten aus der Kuh ragte, der Strick umgebunden wurde und unter mancherlei Anstrengungen seitens der Menschen und der Kuh schließlich ein Kälbchen aus der Letzteren gezogen wurde: so glitschig, so nass, so süß.

Onkel Otto hieß mich die Schubkarre vom Hof zu holen. Als ich zurückgestolpert kam, war das Junge schon mit Heu trocken gerieben worden und es lutschte genüsslich an Inges Fingern. Rasch wurde die Schubkarre mit Heu ausgepolstert und das Kälbchen behutsam darauf gehoben. Dann zog eine seltsame Prozession zum Hof: Die Schubkarre mit Kalb voran, danach führte Hermann, ältester Sohn, die Kuh und hinterher folgten Bauer, Bäuerin und all die Verwandten. Im Stall angekommen, versorgte Hermann die Kuh, während Thomas und ich uns gründlich um das Baby kümmerten.

Nach all der Aufregung brachten wir später den Heuwagen vollbeladen in der Scheune unter, bevor wir die ersten Gewitterwolken entdeckten.

Alle waren zum Vesper eingeladen. Es gab Butter, Schwarz- und Leberwurst, Speck und Brot. Und Most. Wir Kinder bekamen natürlich den Most stark mit Wasser verdünnt, aber immerhin.

Der Tag wurde nochmal besprochen und manches Glas wurde auf den Bauern getrunken, der so vom Glück begünstigt war: Das Heu trocken in der Scheune und ein Kälbchen noch als Zugabe. Sei`s gesegnet, Bauer.

Später am Abend lag ich allein in meinem Bett. Komischerweise hatte ich vom Moment der Entdeckung der gebärenden Kuh bis jetzt im Bett kein einziges Mal mehr an meinen Geburtstag gedacht. Ein Kälbchen war auf die Welt gekommen. Und ich hatte Geburtstag gehabt. Mit einem Rindvieh.

Dann weinte ich bitterlich.

Am nächsten Morgen, ich drehte gerade die Kurbel der Milchzentrifuge, die die Milch in Magermilch und Rahm trennte, sagte Tante Engeline in der Küche:

„Ha, da kommt ja unser Jörgl".

„Wer isch der Jörgl?", wollte ich wissen.

„Ha, des isch unser Briefträger, der Olympiasieger in der Nordischen Kombination."

Und tatsächlich kam der Georg Thoma, der Briefträger von Hinterzarten und der Olympiasieger von Squaw Valley im Jahr 1960, zur Küchentür herein und gratulierte mir zum Geburtstag, denn er hatte eine Glückwunschkarte von meinen Eltern dabei und muss sie wohl gelesen haben.

Alle anderen, sofern sie noch auf dem Hof waren, gratulierten mir dann natürlich auch noch, und nachträglich wurde das Kälbchen auf den Namen „Petra" getauft, weil wir ja schließlich am gleichen Tag Geburtstag hatten und ich Peter heiße.

Aber so einer *Goldmedaille* wie dem Jörgl die Hand geschüttelt zu haben ... Junge, Junge. Das war schon etwas ganz Besonderes.

12. September 2024

„Das ist jetzt aber nicht dein Ernst, oder? Du und der Georg Thoma? Du nimmst mich auf den Arm, gell?" Pit meldete erhebliche Zweifel an Peters Erzählung an.

Um Beni nicht ins Handwerk zu pfuschen, waren sie zur Hintertür hinausgegangen und hatten den Steinhügel erklommen, der von Peter errichtet worden war und am höchsten Punkt circa drei Meter über das Gartenniveau ragte.

„Wenn ich dir´s doch sag`. So wahr wie ich hier stehe", beteuerte Peter. „Schade, ich hätte die Geburtstagskarte aufheben sollen. Da waren bestimmt seine Fingerabdrücke drauf."

„Und ein Autogramm von ihm hast du auch nicht", stellte Pit fest und studierte nebenbei die kleinen lackierten Täfelchen, auf denen die Namen der Pflanzen standen, die zwischen den Steinen wuchsen. *Blaukissen; Thymian; Hauswurz; Steinkraut; Fetthenne.* „Oder ein Selfie: Klein Peter, Tante Engeline und Jörgl auf einem Foto."

„Damals war man halt noch nicht so scharf hinter den Berühmtheiten her, mein Bester.

Und Selfies, wie du weißt, gab es schon gleich gar nicht."

Pit knuffte ihn mit dem Ellbogen: „Ja, ja, weiß ich doch. Du hast ihn aber nur das eine Mal gesehen?", fragte Pit.

„Ja. Meine Zeit bei Tante Engeline war begrenzt, und so oft bekam sie keine Post. Und hätt´ ich nicht zufällig Geburtstag gehabt, dann wäre er in jener Woche auch nicht gekommen, wenn du verstehst, was ich meine. Ich wurde dann am Samstag von Mama wieder abgeholt."

„Und daheim gingen dann die Ferien weiter?"

„Genau. Noch mindestens drei Wochen", sagte Peter. „So. Ich denke, dass Beni mittlerweile den Braten in die Röhre geschoben hat."

„Braten?"

„Pizza nach Hausfrauenart."

Die Sommerferien schienen endlos zu sein. Wir eroberten das kleine Kastanienwäldchen, dessen unterer Rand ungefähr hundert Meter hinter den Häusern des Mattenwegs begann und sich vielleicht zweihundert Meter den Hang hoch erstreckte.

Ich war fasziniert von den beiden Steinbrüchen. Sie waren längst aufgegeben, und die steinernen Wände von Flechten und Moos überzogen. Hoch genug waren sie dennoch, um beim Klettern Vorsicht walten zu lassen.

Sowohl an dem einen als auch an dem anderen Steinbruch hatte sich in der Höhe eine Felsstufe gebildet, ähnlich einem Adlerhorst, die zum Bau einer Hütte geradezu einlud. Mithilfe von herumliegenden Ästen, Zweigen und Blättern konstruierten wir zwei gedeckte Burgen, die wir nach und nach auch mit Mauern aus Findlingen und Lehm komplettierten.

Aus jungen Kastanientrieben fertigten wir Schwerter sowie Pfeile und Bögen für Ritterspiele an. Für die obligatorischen Kettenhemden schnitten wir Kopf- und Armlöcher in Jutesäcke, malten mit Holzkohle Wappenbilder wie Löwen und Adler drauf und schlüpften hinein. Der edle Ritter *Ivanhoe* stand gerade hoch im Kurs, ebenso wie *Robin Hood* und die Comic-Helden *Sigurd* und *Falk*.

Da wir nur zu neunt waren, Priska hielt sich noch immer im Erholungsheim auf, und personell somit keine gleichstarken Gruppen aufstellen konnten, wählten wir Hilde als Herold aus. Ihre Aufgabe war es, zwischen den beiden Burgen hin und her zu *reiten* und die ihr aufgetragenen Botschaften zu übermitteln. Freilich ritt sie nicht in echt, wir besaßen schließlich keine Pferde, doch in der Fantasie … *Iiiihihihibrrr.*

Der Abstand zwischen beiden Burgen betrug ungefähr achtzig Meter. So wurde zum Beispiel abgemacht, wo man sich zum Schwerterkampf oder zum Zielscheibenschießen treffen würde.

Bei der hohen Anzahl von Gefechten und Wettkämpfen war es verwunderlich, dass außer ein paar kleinen Blessuren niemand je ernsthaft verletzt wurde. Aber wir hatten da unsere Regeln, deren Missachtung sofort geahndet wurde.

Es gab tatsächlich ein paar Regentage, auf die Oma sehnsüchtig gewartet hatte.

Ende August war es endlich so weit. Zwei Tage Regen am Stück, und dazu tropisch schwüle Nächte. Noch vor dem Frühstück machte sie uns klar, welches Programm heute auf Cornelia und mich warten würde. Wir mussten mit ihr in den Wald.

Oma war eine Waldgängerin. Eine Waldhexe. Was sie im Laufe ihres Lebens alles aus dem Wald nach Hause getragen hatte, konnte nicht gewogen werden. Und als ich gerade sieben Jahre alt geworden war, wurde sie erst siebenundfünfzig. Wenn sie einigermaßen gesund blieb, durfte sie mit noch einigen Jahren rechnen. Am Ende sollten es noch dreizehn Jahre gewesen sein.

Was machte sie mit all dem, das sie aus dem Wald holte?

Nun, einen Teil verwertete sie selbst oder gab es meinen Eltern. Hauptsächlich Pilze und Heidelbeeren. Oft aber brachte sie mehr, als wir selber verwerten konnten. Diese Überschüsse verkaufte sie auf dem Wochenmarkt in Durlangen und verdiente so manche Mark. Sie kannte einen Bauern, der sie dienstags mit auf den Markt nahm.

Wurde es Herbst und Advent, verkaufte sie handgefertigte Adventskränze, Tannenzweige, Stechpalmenzweige und Mistelzweige, gebunden oder lose, aus den Wäldern, die zu Fuß erreichbar waren.

Außerdem verkaufte sie Pilze an Hotels und Restaurants, oft auch auf Bestellung. Oma wäre eine gute Geschäftsfrau gewesen. Nicht von ungefähr sparte und hortete sie ihre Einnahmen und brachte es sogar so weit, dass sie Bekannten Geld verlieh, die es nötig hatten.

Cornelia und ich als Omas Begleiter. Wo sie genau hin wollte, verriet sie nicht. Aus Angst, es könnte jemand ihre geheimen Plätze verraten, wo man am meisten Pilze finden konnte.

Sie ging uns voraus, die Birnbaumallee entlang, vorbei am sogenannten Zigeunerplatz (mundartlich), wo gelegentlich Fahrendes Volk das Lager aufschlug, und von dort in den Wald hinein. Eine Zeit lang konnten wir ihr geografisch noch folgen, doch als sie immer weiter ging, über Höhen, durch Täler, quer über Wege, verloren wir die Orientierung.

Wir kamen an einer kleinen Lichtung an. Hier hieß sie uns zu bleiben. Nicht lange. Sie wolle nur nach etwas schauen. *Wartet hier, ich komm´ gleich wieder.*

Da wir sowieso nicht wussten, wo wir uns befanden, blieben wir.

Wir blieben.

Und blieben.

Ohne Essen, ohne Trinken.

Manchmal hörten wir Geräusche. Im Wald, aus dem Wald. Uns war unheimlich, kursierten doch Gerüchte, dass sich böse Leute in den Wäldern versteckten. Räuber, Mörder.

Wir blieben so ruhig und still, dass sogar ein Reh mit Kitz die Lichtung aufsuchte.

Irgendwann, nach Stunden, erschien Oma wieder. *Kommt´ mit, ihr müsst mir helfen.*

Wir folgten ihr tiefer in den Wald hinein, bis wir endlich auf den Platz stießen, wo sie ihre Körbe und Taschen zwischengelagert hatte. *Ihr müsst mir tragen helfen.* Pfifferlinge, Steinpilze, Maronen.

Dafür hatte sie uns gebraucht. Zum Tragen.

Cornelia hatte sich abends bei Mama beschwert. Doch die flüsterte nur: *Pscht, sag´ nichts, sonst gibt es Zank. Kennst sie ja.*

12. September 2024

Beni hatte einen fertigen Pizzateig auf ein Backblech gedrückt und selber mit Salami, Schinken, Mozzarella, Pilzen und Gemüse belegt. Nach einer knappen halben Stunde im Backofen war die Kreation auf den Tisch gekommen. Jeder bediente sich, worauf er Appetit hatte.

Pit entdeckte von seinem Platz am Tisch eine Fotografie, die gegenüber auf einer Konsole stand. Nicht gerade gesittet deutete er mit der Gabel drauf. „Wer ist die schöne Frau auf dem Foto dort?"

Peters Miene verdunkelte sich schlagartig. Dann drehte er sich zu dem Bild um, nahm es in die Hand und reichte es Pit mit belegter Stimme: „Das ist meine Schwester."

„Oh", entfuhr es Pit, „das ist Cornelia? Bin ich ihr jemals begegnet? Nicht, dass ich wüsste."

Peter stand abrupt vom Tisch auf und verließ das Esszimmer fluchtartig.

Pit war verstört und schaute Beni an. „Äääähem, hab´ ich was Falsches gesagt? Bin ich jemandem zu nahe getreten?"

„Du konntest es nicht wissen", antwortete Beni. „Peters Schwester – sie ist tot. Letzten Sommer ist sie gestorben. Ganz plötzlich und schnell. Krebs."

Pit hörte auf zu kauen und legte das Besteck auf den Teller. Er stand auf und ging ebenfalls aus dem Zimmer. Er fand den Freund auf einer Sitzbank hinter dem Haus. „Hast du eine Zigarette"?, fragte Peter. Pit schüttelte zwei Glimmstängel aus der Packung. Als nach dem ersten Zug der blaue Rauch zum Himmel stieg, sagte er: „Mein Beileid, Peter. Ihr wart euch sehr nahe gestanden, nicht wahr?"

Peter schaukelte mit dem Oberkörper vor und zurück. „Es ist, als hätte mich das Unglück zum Dauerkandidat auserkoren. "

„Wie meinst du das?"

„Der Tod meiner Schwester war nicht der einzige Schlag, der mich getroffen hat. Der dicke Willi ist gestorben. Er war so alt wie Cornelia. Jean-François ist gestorben, gleich alt wie ich. Gerd ist gestorben. Und meine Susi ist gestorben. Meine Freunde von damals. Alle innerhalb von zwei Jahren."

„Jean-François? Wer ist …?"

„Ah, hab´ ich dir noch gar nicht erzählt. Ja, er war Franzose, wohnte in Strasbourg und wochenends da vorne *Im Grünloch*. Kann ich dir später zeigen, wo das war. Die Häuser dort stehen heute nicht mehr. Plattgemacht. Die Feinheiten der französischen Sprache beherrschten unsere badischen Kindermäuler noch nicht. Bei uns hieß Jean-François *Schafrosswa*.

Ach, einen hab´ ich sogar vergessen zu erwähnen. Krischan ist ja auch tot. Vor drei Jahren. Er war der Bruder von Konrads Frau."

Pit fiel auf, dass Peter von Personen sprach, von denen er noch nichts gehört hatte, wollte seinen Freund aber nicht explizit mit der Nase darauf stoßen. Sicher, dass Peter die Wissenslücke alsbald schließen würde, setzte er sich neben ihn auf die Bank und ließ einige Augenblicke der inneren Einkehr verstreichen. „Du hältst hier eisern die Stellung", sagte er dann.

Peter schnaubte durch die Nase. „So kann man es auch sehen."

Herbst 1960

Die Schule hatte uns wieder, und ich stieg auf in die zweite Klasse. Die Anforderungen wurden etwas höher, doch ich kam im Unterricht gut mit. Gerds Kritzelhilfe brauchte ich nicht mehr.

Die Abende begannen merklich früher. Um sechs Uhr wurde es schon dunkel, und um sieben Uhr war es Nacht.

Seit ich denken konnte, holten wir abends die Milch beim Gustavenhof im Gimpelbach. Früher zu gehen machte wenig Sinn, denn der Gustavenhofbauer melkte die Kühe ziemlich spät. Oft so spät, dass wir in der Küche der Bäuerin warten mussten.

Im Sommer wechselten wir uns beim Milchholen ab. Einen Abend Cornelia, am nächsten Tag ich. War es aber bereits dunkel, gingen wir meistens zusammen. Das hatte einen Grund.

Auf dem Weg durch den Gimpelbach mussten wir am Pferdehändler Trunk vorbei, und der besaß einen großen Hund. Näherten wir uns dem Haus, unterhielten wir uns laut und klapperten mit der Milchkanne. Hörten wir den Hund bellen, wussten wir, dass er in seinem Zwinger eingesperrt war. Hörten wir ihn nicht, war Vorsicht geboten, denn dann lief er frei im Hof des Pferdehändlers herum. Und wenn dann noch das Hoftor offen stand, mussten wir damit rechnen, dass er uns ansprang und erschreckte. Das war schon ein paarmal passiert, und wir hatten vor Angst laut geschrien.

Es war wieder so ein Abend, an dem wir gemeinsam unterwegs waren. Wir hatten Glück, denn wir hörten den Hund im Zwinger bellen, und die Milch war gemolken und gefiltert, und wir machten uns mit eineinhalb Litern zurück auf den Heimweg.

Wir wurden, weil alles so gut gelaufen war, übermütig und hampelten auf der Straße herum. *Stell' ich dir das Bein, stellst du mir das Bein.* Je näher wir unserem Haus kamen, desto ausgelassener wurden wir. Dann geschah es. Direkt vor unserem Gartentor klappte es. Cornelia stolperte über mein Bein, stürzte der Länge nach auf die Straße, verschüttete die Milch, und in der nagelneuen Strumpfhose, der ersten Strumpfhose ihres Lebens, klaffte ein riesiges Loch im Knie. Irreparabel. Na bravo.

Wir heulten schon, als wir die Treppe hinauf zu unserer Küche schlichen. Ein böser Blick Papas hätte bereits genügt, uns zu bestrafen. Aber nein. Er versohlte uns nacheinander den Hintern, packte dann eine links, den anderen rechts unter seine Arme und schleppte uns derart, die Stiege runter, durch Omas Küche, zum Schweinestall. Stalltür auf, wir hinein,

Stalltür zu. Basta. Und das, obwohl Cornelia panische Angst vor Schweinen hatte.

Wir schrien wie am Spieß und drückten uns auf dem Schweinetrog an die Stallwand. Die Sau grunzte und schnuffelte unsere Füße ab.

Es war Oma, die uns nach einigen Minuten aus der misslichen Lage befreite. Und sie war es, die Papa deswegen zur Rede stellte. Was sie ihm sagte, haben wir weder von ihr, noch von Papa und Mama erfahren, denn wir lagen schon mit knurrenden Mägen in den Betten. Abendbrot hatten wir keines mehr bekommen.

Das war der Tag gewesen, ab dem in meinem flatternden Herzen mein Papa kein Papa mehr für mich war, sondern nur noch ein Vater.

Die nächste Herausforderung ließ nicht lange auf sich warten, denn Milch brauchten wir täglich.

Am nächsten Abend wurde ich alleine losgeschickt. Es dämmerte schon, als ich mich auf den Weg machte, das Herz in der Lederhose.

Schon in Höhe des Basler-Bauernhofs klapperte ich mit der Milchkanne und richtete meine Lauscher nach vorne. Fast wie ich befürchtet hatte, bellte der Hund des Pferde-händlers nicht. Ich blieb stehen und überlegte, wie ich vorgehen sollte. Der Umweg über die Kirchgasse war wegen des Neubaus der Schule versperrt. Ich hatte die Wahl, entweder ohne Milch nach Hause umzukehren, oder es über einen Feldweg oberhalb des Basler-Bauernhofs zu versuchen. Ohne Milch heimzukommen schien mir wegen der zu erwartenden Schimpferei meines Vaters unmöglich. Also schlug ich mich nach rechts den Hang hoch, bis ich den Feldweg erreichte. Dieser Weg, das wusste ich, führte direkt zum Gustavenhof. Zwar nicht asphaltiert, sondern grasbewachsen und mit tiefen Radspuren. Hieß es halt die Beine zu lupfen, besonders auf dem Rückweg mit der vollen Milchkanne.

Problem: Vor mir auf dem Weg stand ein Pferd. Kein Mensch bei ihm. Ein Pferd, und es guckte in meine Richtung. Ich … ich hatte einen höllischen Respekt vor unbewachten Pferden.

Oder war es eventuell gar kein Pferd? Konnte es sein, dass ich mich täuschte? Denn wer sollte abends ein Pferd auf einem Feldweg abstellen und es alleine lassen?

Ich holte mein Herz aus der Lederhose und machte einen Schritt vorwärts. Die Dämmerung wurde nicht heller, eher dunkler. Das Pferd bewegte sich nicht. Je intensiver ich hinstarrte, desto deutlicher meinte ich Hals und Kopf des Pferdes zu erkennen.

Ich war ein Feigling. Dieser Weg war nicht mein Weg. Also was tun? Ein Umweg um den Umweg?

Ja. Die Möglichkeit eröffnete sich mir. Rechter Hand lagen die Weinreben des Basler-Bauern. Wenn ich zwischen den Rebstöcken die Gasse nach oben stieg, würde ich auf einen noch höheren Feldweg treffen.

Oben könnte ich mich dann nach links wenden, zur Lourdes-Grotte hin und von dort bergab gehen und den Gustavenhof von hinten erreichen. Klar, wie der erste Teil unserer Schlittenbahn im Winter.

So machte ich das. Mit dieser Tour trickste ich den Hund und das Pferd aus. Für den Rückweg nahm ich natürlich die gleiche Route.

„Wo bleibst du denn so lange", hieß die Frage, als ich daheim mit der vollen Kanne die Küche betrat. *„Und was hast du denn mit deinen Schuhen gemacht? Sie sind ja total dreckig. Bist du damit durch den Acker gelaufen? Ach, wenn man nicht alles selber macht ...!"*

Ja, das dachte ich auch.

Am nächsten Tag brauchte es meinerseits unbedingt einer Überprüfung. Ich wollte bei Tageslicht zu der Stelle zurück, wo gestern Abend das Pferd gestanden war. Aber außer einem zwei Meter hohen grauen Holzpfosten, dessen oberes Ende wegen einer Astverknorpelung dicker ausfiel, war da nichts. Konnte man bei etwas schlechterem Licht und mit etwas Fantasie den Knorpel mit einem Pferdekopf verwechseln? Ich beschloss, die Sache für mich zu behalten.

*

Während der Schulzeit mussten meine Schwester und ich um halb acht Uhr abends ins Bett. Da gab es keine Widerrede. Cornelia schlief im Bett der Eltern, und ich im kleinen Kinderbett. Wir kannten es nicht anders, deswegen gab es auch kein Geplärre.

Vorher aber durften wir im Radio den *Gute-Nacht-Onkel* hören. Der kam ab sieben Uhr. Und davor gab es Abendessen. Brot und Wurst oder Bibeleskäse. Wiederum davor gehörten die Abendstunden im Herbst und Winter allerdings der Oma, und zwar so lange, bis wir über das *Haustelefon* (Klopfen an die Wasserleitung) zum Abendessen gerufen wurden. Man wusste sich zu behelfen.

In Omas Küche stand hinter der Türe neben dem Kochherd eine Kiste, in der Brennholz aufbewahrt wurde. Diese Kiste war unser Logenplatz, wenn wir Omas Geschichten lauschten.

Sie erzählte von ihrer eigenen Kindheit. Von ihrer Schwester Käthe und ihrem älteren Bruder Franz. Dass sie es gewohnt waren, morgens früh um halb vier aufzustehen, um von Rotsandern, wo sie mit ihren Eltern wohnten, auf die Höhen des Nordschwarzwaldes zu wandern. Zum Ruhestein und bis zum Schliffkopf. Nicht freiwillig. Sondern um Heidelbeeren zu ernten, die es dort in Massen gab. Abends ging es mit gefüllten Körben und Rucksäcken wieder zurück nach Hause. Zu Fuß.

Oma erzählte, dass sie manchmal, wenn sie noch unten im Tal unterwegs waren, von einem Hund mit feurigen Augen verfolgt worden waren. Der Hund, der sich, als er sich ihnen näherte, als Bruder Franz herausgestellt hatte, der sich hatte zurückhängen lassen, um eine Zigarette anzuzünden. Sie erzählte von einem eisernen Kreuz auf einem Gedenkstein am Wegesrand, das an einem Tag krumm gebogen, am anderen wieder gerade stand.

Opa erklärte mit einem Schmunzeln, während er auf der heißen Herdplatte einen Apfel briet, dass die Kinder damals vermutlich im Halbschlaf halluziniert und Geister und Gespenster gesehen hätten.

Bei ihren *Raubzügen* nach den Heidelbeeren achteten sie stets darauf, die Grenze zwischen Baden und Württemberg, die über die Schwarzwaldhöhen verlief, nicht zu überschreiten. Denn wenn die Schwäbischen Feldhüter jemanden aus dem Badischen auf ihrer Seite erwischten, leerten sie ihnen rigoros die Körbe aus, und die ganze mühevolle Arbeit war umsonst.

Ein andermal rezitierte Oma das Gedicht *Der wackere Schwabe* von Ludwig Uhland, das folgendermaßen begann:

„Als Kaiser Rotbart lobesam
zum heil'gen Land gezogen kam ... "

Wir konnten es nicht oft genug hören. Genauso wie die Geschichte über Konstantinopel: *„Als jüngst ich in Konstantinopel war, ging ich die Kerzendochtgasse hinauf und die Lichtputzerstraße hinunter. Dort begegnete ich einer alten Schubkarre, die längst in einem Briefkasten verloren war. In einem schmucken Haus traf ich die Familie meiner Schwesters-Schwagers-Bruders-Frau. Diese waren Zimmersleut, und weil sie so gutes Brot buken, ließen alle die Schuhe bei ihnen machen. "*

Überhaupt steckte Oma voller Geschichten. So erzählte sie, dass unmittelbar nach dem Zweiten Weltkrieg französische Soldaten zwangsweise in ihrem Haus einquartiert worden waren. Im ersten Stock hätten sie gehaust. Sie seien recht freundlich gewesen und hätten ihr sogar Französisch beigebracht, wie sie behauptete. Um es uns zu beweisen, trug sie augenzwinkernd gerne zwei kleine Gedicht vor:

> *„Voulez-vous spazieren gehen*
> *dans le parc de Baumallee?"*
> *„Non Monsieur, das kann nicht être,*
> *denn ma mère sitzt am fenêtre."*

> *„Voulez-vous Kartoffelsupp'*
> *avec verbrannte Klöße?"*
> *„Non Monsieur, je danke vous,*
> *je n'ai pas d'appetit dazu,*
> *je mange lieber Käse."*

Die Verhältnisse in unserer Küche waren eng. Ein Tisch mit vier Stühlen, ein Holzherd zum Kochen, ein Küchenschrank voller Geschirr, ein Sofa und eine steinerne Spüle mit Tropfbrett. Von wegen fließend warmes Wasser.

Die Bettwäsche wurde in großen Aluminiumtöpfen gekocht, Kleinwäsche im Handwaschbecken geknetet und geschrubbt. Gebadet wurde einmal die Woche in einer Zinkwanne; unter der Woche reichte der Spülstein mit Waschlappen und kaltem Wasser. Zähneputzen war totale Fehlanzeige. Erst als ich in die fünfte Klasse kam und gleichzeitig in die Realschule, erhielt ich die erste Zahnbürste. Meine schlechten Zähne kamen nicht von ungefähr. Zum Frühstück eine Tasse Milch, eine Tasse trockene Haferflocken mit einem Löffel Zucker, eine Scheibe Marmeladebrot, nachmittags eine Scheibe Butterbrot bestreut mit Zucker.

12. September 2024

Während Beni und Eliza über Zeichen- und Grafiktechniken fachsimpelten und im Haus blieben, vertraten sich Peter und Pit bei einem Spaziergang die Beine.

Beim Durchqueren des Gartens, den Pit mit seinen laienhaften Kenntnissen zu würdigen probierte, erklärte Peter ihm seine Gartenphilosophie: „Noch vor zwölf Jahren betrachtete ich den Garten sozusagen als Gegner, den es zu beherrschen galt. Ich lebte nicht mit ihm, sondern gegen ihn. Ein paar Jahre lang versuchte ich, ihm von Saison zu Saison das gleiche Aussehen aufzuzwingen. So wie ich ihn mir vorstellte. Moosfreie Rabatten, jedes Gräschen gezupft. Es waren Unterdrückungsversuche. Bis ich eines Tages merkte, dass nicht der Garten, sondern ich der Sklave war.

Und jetzt schau′ mich an. Seh′ ich aus wie einundsiebzig? Ja, das tue ich. Ich sehe aus wie einundsiebzig! Und so wie ich mir in diesem Alter die eine oder andere Pause gönne, sowie die eine oder andere Nachlässigkeit mir erlaube, muss ich auch dem Garten zugestehen, in Würde und im gleichen

Tempo zu altern. Ich habe gelernt, den Garten als Spiegelbild meines Ichs betrachten zu dürfen. Und seitdem stehe ich mit ihm in Einklang. Wir haben gelernt, einander die Fehler früherer Unwissenheit zu verzeihen. Und weißt du was, Pit? Es klappt wunderbar."

Peter lotste Pit indes über den Gimpelbach in die Rebhänge hinauf, von wo sie einen ausgezeichneten Blick auf die nähere Umgebung hatten. Zu ihren Füßen lagen die Hausdächer des Mattenwegs.

„Woran schreibst du denn gerade? Ist ein neuer *Edgar-Schaaf-Krimi* im Werden?"

„Edgar wird alt, wie wir auch. Er kann nicht mehr von einem Fall zum nächsten hecheln wie ein Junger. Nein, aktuell beackert er keinen neuen Fall. Aber ich habe mich an einem Kinderbuch versucht. Ausnahmsweise mal keine Teddybärengeschichte. Vielleicht entwickelt sich das zu einer Serie. Detektivgeschichten mit Kater, Ente, Spatz und Ratte. Allerdings muss ich die selber erfinden. Bei den Krimis mit Edgar brauche ich ihm ja nur zuzuhören und aufzuschreiben."

„Mir ist zu Ohren gekommen, dass Melanie ihr Geschäft *Aquarelle und Poesie* in Gengenbach abgeben will. Stimmt es, dass Eliza dort einsteigt?"

Pit antwortete: „So ist es. Zusammen mit Melanies bisheriger Vertretung Frau Holzer. Eliza wird ein eigenes Auto brauchen, wenn sie täglich zwischen Grünweiler und Gengenbach pendeln muss. Mit dem Bus ist es doch arg umständlich."

Peter wechselte das Thema und deutete nach unten: „Diese paar Häuser und der kleine Wald, den du dort drüben siehst, waren unsere Welt. Als wir Kinder waren. Noch etwas weiter nach Norden liegt der Steinbruch, in dem mein Vater gearbeitet hatte. Du hast ihn bestimmt gesehen, als du hierher gefahren bist."

Pit nickte. „Warum bist du damals, wie lange ist es her, nach Weinbuch zurückgekehrt?"

„Elf Jahre ist es her", antwortete Peter wie aus der Pistole geschossen. „Was hätte ich in der Schweiz noch tun sollen, nachdem meine Partnerin ermordet worden war? Mich an sie erinnern kann ich auch hier. Außerdem wäre unser Haus hier in Weinbuch nach Vaters Tod leer gestanden, da meine Schwester es nicht gewollt hatte. An einen Verkauf hatte ich nie gedacht, und heute hat sich Beni meiner fragwürdigen Person erbarmt, ha, ha. Nein, nein, ganz so ist es nicht. Wir lieben uns und das ist wahr, und es ist ein Glück, einander so gut zu verstehen wie wir es tun."

Sommer 1962

Opa hielt mich nun für stark genug, ihm bei der Abfuhr der Gülle zu helfen. Ein Scheißjob wie er in keinem Buche steht.

Er war nun in Rente und kümmerte sich um solche Belange wie Dachrinnen und Abwasserschächte zu reinigen. Einmal im Jahr musste die Güllegrube geleert werden. Bisher hatte er das alleine gemacht, meistens an einem Samstagnachmittag, und diesmal heuerte er mich an.

Unser Haus verfügte über zwei Plumpsklos. Eins im ersten Stock, eins im Hochparterre, das eine über dem anderen, beide durch ein Fallrohr miteinander verbunden bis in die Güllegrube, die sich im Schopf unter einem Holzplankendeckel befand. Die Toiletten lagen bautechnisch außerhalb der Hausmauern, waren aber durch Holzverbauung überdacht und vor Blicken geschützt. Das obere Klo erreichte man über einen gedeckten Balkon. Bei Minustemperaturen im Winter bedeutete es durchaus eine Herausforderung, die Hosen vom Hintern zu ziehen und sich auf das gähnende runde Loch zu setzen.

Opa hatte die Planken bereits von der Grube entfernt. Zum Transport der Gülle verwendete er einen zweirädrigen Karren, auf dem ein großes leeres Ölfass stand. In dieses Fass schöpfte er die Gülle mithilfe eines an einer langen Stange befestigten Eimers. War das Fass annähernd voll, warf er als Spritzschutz einen Sack über die Öffnung, und der Transport konnte beginnen.

Eine anstrengende und wackelige Angelegenheit. Flüssigkeit, und in diesem Aggregatszustand befand sich die Gülle, hatte ein enormes Gewicht. Mit der Einachskarre war es ein ständiger Kampf um die Balance. Nicht auszudenken, wenn das Fass nach vorne oder nach hinten kippen würde.

Die Bestimmung der Gülle lag vor den Toren Weinbuchs, etwa dort, wo die Birnbaumallee zu Ende war. Dort in der Nähe hatte unsere Familie ein Stück Feld gepachtet, auf dem Gemüse angebaut wurde. Das Feld war zweigeteilt. Auf einem Teil gedieh das Saisongemüse, der andere Teil wurde für das nächste Jahr gedüngt. Nächstes Jahr würde es dann umgekehrt werden.

Mit der großen Schöpfkelle trugen wir die Gülle aus dem Fass auf die Brache und verteilten sie dort. Nach zwei Fuhren wurde die Güllegrube im Schopf wieder abgedeckt. Den Gestank kriegte man eine halbe Woche nicht aus den Haaren. Opa machte das nichts aus. Er trug eine Glatze.

*

Manchmal träumte ich in den Tag hinein. Zum Beispiel liebte ich es, zwischen den zum

Bleichen auf der Wiese unterhalb des Hauses ausgebreiteten Bettlaken zu sitzen. Ich sagte zu Mama, ich würde aufpassen, dass niemand drauftritt. Eine kleine Ausrede fürs Nichtstun. Ich glaubte, Mama hatte mich verstanden. Vielleicht schaute sie mitunter deswegen traurig drein, weil sie sich in mich hineinversetzen konnte.

Nein, ich fragte mich das nicht wirklich. Über so kausale Zusammenhänge konnte ich als Kind nichts wissen. Aber irgendwie im unerfahrenen Herzen ahnen? Jedenfalls versuchte sie, sich in meiner Gegenwart nichts anmerken zu lassen. Denn wenn sie mich ansah, lächelte sie.

Ein verträumter Tag in kurzer Lederhose. Was sonst?

Die Lederhose gehörte zu mir wie mein Hintern. Im Sommer kurz, im Winter als Knickerbocker. Ich trug sie, tagein, tagaus, bis sie vor lauter Dreck und Speck von alleine stehen konnten. Erst dann kriegte ich neue.

Obwohl unser Garten ein reiner Nutzgarten unter Omas strenger Fuchtel war, in dem auf jedem Quadratmeter Pflanzen für die Ernährung wuchsen, gleichwohl für Mensch und Tier, überlebte doch die eine oder andere Blume Omas Regime. Nicht, dass die Bienen und Hummeln keine Nahrung fanden, nein. Auch

Bohnen brachten herrliche Blüten hervor, und auch Kartoffeln und Tomaten kamen nicht ohne tierische Bestäubung aus. Aber dass sich ein Kolibri in unseren Garten verirrte, war nicht zu erwarten gewesen.

Und doch war es so. Direkt genau vor meiner Nase. Ein Kolibri. Ein Kolibri.

Zischte hin und her, stand flügelschlagend in der Luft, leckte mit der langen Zunge Nektar aus den Blüten, und schwupps, war er nicht mehr hier, aber schon dort vor der nächsten Blüte, wieder stehend in der Luft, die Flügel so rasend schnell wie Propeller, ach, noch schneller, und so herrlich bunt.

Und das mir. Diese Entdeckung. Mir, dem kleinen Peter vom Mattenweg.

Mir wurde fast schwindelig vor … vor … so viel … Glück? Dass ausgerechnet mir die Gunst vergönnt war, ein Wunder der Natur zu sehen. Einen Kolibri.

Dann war er weg. So plötzlich wie er erschienen war. Ich stöberte kreuz und quer durch den Garten, doch ich entdeckte ihn nicht wieder.

Macht nichts. Du hast ihn gesehen, Peter, das kann dir keiner nehmen, dachte ich.

Aber wie es so ist mit kleinen Buben, suchen sie nach Anerkennung. Wie sollten sie sonst wahrgenommen werden? Am Abend, während des Essens, lauerte das Geheimnis sprungbereit hinter den Lippen, nach außen befördert zu werden. Ob ich normalerweise mit offenem Mund kaute, konnte ich nicht bestätigen. Ich beobachtete mich ja nicht selber. Bei diesem Essen jedoch versuchte ich angestrengt, den Mund geschlossen zu halten. Ich mochte dem Frieden am Tisch nicht so recht glauben. Cornelia, die mir gegenüber saß, guckte mich mit hochgezogenen Augenbrauen an. Es muss auch ziemlich bescheuert ausgesehen haben, wie ich ein Stück Brot durch zusammengepresste Lippen in den Mund quetschen wollte.

„Kannst du nicht normal essen?" Früher oder später hatte die Frage meines Vaters kommen müssen. Insgeheim hatte ich auf später gehofft. Vielleicht sogar mit gar nicht.

Mein Geheimnis brach sich Bahn: *„Ich habe einen Kolibri im Garten gesehen!"*, hörte ich mich sagen, und nahm ungewollt eine stolze Haltung an. Oder war sie herausfordernd? Egal. Mein Blick huschte über die drei Gesichter am Tisch und suchte nach Anerkennung. Doch Mamas Miene drückte eine Alarmstimmung aus, und Cornelias Augen eher Spott. Vaters Gesicht war mürrisch geworden.

„Was lernst du eigentlich in der Schule, he? Es gibt in Weinbuch weder Düsenjäger noch

Kolibris, verstanden? Und jetzt iss anständig und nicht wie eine Sau. "

Mein Trotz gebot mir aufzubegehren. *„Aber ... "* *... ich habe ihn gesehen!*, wollte ich rufen.

„Ende der Diskussion!", herrschte er mich an und erstickte meinen Protest im Keim.

*

Es begann eine überaus intensive Zeit.

Zuerst verkündete Konrad, dass er ausziehen wolle. Seine Freundin sei schwanger, und er bräuchte eine Wohnung für die junge Familie.

Warum nicht ein Haus?, schlug Oma vor und rannte damit bei Konrad offene Türen ein. Mit ihrem Geld und einem Kredit von der Bank sollte alles kein Problem sein.

Meinem Vater stieß diese Nachricht sauer auf. Er, der Erstgeborene, musste sich mit zwei Zimmern begnügen, und der Nichtnutz von einem Bruder bekam ein Haus hingestellt?

„Wenn Konrad ausgezogen ist, dann hast du ein Zimmer mehr, meinetwegen für die Kinder, und später wird dir das Haus sowieso gehören. Wenn wir tot sind", sagte Oma.

„Aha, wenn ihr tot seid", wetterte mein Vater. *„Dann hab´ ich ein altes renovierungsbedürftiges Haus ohne Heizung und ohne Badezimmer. Ist das gerecht?"*

Ganz unrecht hatte er nicht, aber er war halt nicht Omas Liebling. *„Dann baue dir doch ein Badezimmer an"*, meinte Oma.

„Dafür habe ich jetzt kein Geld. Ich mache gerade den Führerschein und will mir ein Auto kaufen", antwortete Vater.

„Also gut", erwiderte Oma, *„ich kaufe dir das Auto, dann hast du Geld zum Bauen. Dafür musst du mich dienstags aber zum Markt nach Durlangen fahren."*

Der Handel war beschlossen. Vater bestand den Führerschein, Oma bezahlte einen gebrauchten VW-Käfer, und Vater ließ Pläne für den Umbau des Hauses anfertigen.

Nachdem Konrad ausgezogen war, bekamen meine Schwester und ich tatsächlich das freigewordene Zimmer. Zwei richtige Betten, je ein Nachttisch, ein Kleiderschrank, ein Tisch mit zwei Stühlen und in der Ecke ein Holzofen für kalte Wintertage. Es war schlicht und einfach überwältigend und ich schaute jeden Abend unter das Bett, ob nicht eventuell jemand drunter lag, der uns den erlangten Komfort wegnehmen könnte.

In der Schule lasen wir aktuell die Geschichte über den Buben, der von seinem Vater ein Beil geschenkt bekommen hatte und vor lauter Freude, aber wohl mehr aus Übermut, Vaters frisch gepflanztes Apfelbäumchen fällte. *Der mir das angetan hat, soll es mir bitter büßen*, hatte der Vater beim Anblick des toten Apfelbäumchens gesagt. Der Bub hatte in einem Versteck die Worte des Vaters gehört.

Da war der Bub aus dem Versteck gekommen und vor den zornigen Vater getreten. *Ich war es, Vater*, hatte er gestanden. *Ich war es.* Da verrauchte der Zorn des Vaters und er sagte: *Weil du so viel Mut zur Ehrlichkeit gehabt hast, will ich dich nicht bestrafen. Im Gegenteil. Ich bin stolz auf dich, weil du so aufrichtig warst.*

Die Lehrerin besprach dann mit uns die Geschichte. Sie fragte, was wir daraus lernen könnten. Wir Schüler fassten zusammen, dass man mit Ehrlichkeit und mit der Wahrheit im Leben viel mehr erreichen kann als mit Lügen.

Unsere Klassenlehrerin Frau Hägele war krank geworden, weshalb wir für die Dauer ihrer Fehlzeiten von anderen Lehrern unterrichtet wurden. Für Rechnen, heute Mathematik, bekamen wir Herrn Klotz zugeteilt. Herr *Kotz*, wie wir ihn nannten, war in allen Klassen unbeliebt. Mit seiner Einstellung hätte er gar kein Pädagoge werden dürfen.

In seiner ersten Stunde bei uns geschah etwas sehr seltsames mit der kompletten Klasse. Wir wurden durch die Bank von einer kollektiven Amnesie erfasst.

Es ging um eine ganz einfache leichte Subtraktion. Was ergibt 12 minus 8. Auf der Tafel dargestellt: 12

$\underline{-8}$

Wie gesagt, eine höchst einfache Sache. Doch alle Schüler in der Klasse litten unter einem Totalausfall. Es war mit einer Massenpsychose vergleichbar.

Das Unglück wollte, beziehungsweise Herr *Kotz* wollte, dass ich die Rechnung an der Tafel lösen sollte. Mit weichen Knien ging zur Tafel, nahm ein Stück Kreide und rechnete: „*Von 2 bis 8 sind es 6, behalte 0*" Ich schrieb die Sechs. Hinter mir stand Herr *Kotz* mit einem Glas Wasser in der Hand. Ohne Vorwarnung goss er mir das halbe Glas in den Hemdkragen. Kühl floss es mir den Rücken hinunter. „*Und was ist mit der Eins?*", fragte er spöttisch. *Ja, was ist mit der Eins*, dachte ich und rechnete: „*1 minus 0 ergibt 1.*" Ich schrieb die Eins unter dem Strich neben die Sechs. Gesamtergebnis von $12 - 8 = 16$.

Die zweite Hälfte des Wassers rann mir unter dem Hemd in die Lederhose. Aber keiner meiner Mitschüler fand das zum Lachen. Und es lachte auch keiner.

„Wer hält das Ergebnis für richtig?", fragte der Lehrer in die Klasse. *„Finger hoch! Wer?"*

Keine Meldungen.

„Wer hält es für falsch?"

Keiner, denn keiner wollte sich so wie ich an der Tafel blamieren.

Es war kurz vor der Zeugnisausgabe. *„Ihr bekommt alle eine Sechs ins Zeugnis. Dummköpfe, die ihr seid"*, schäumte der *Kotz* und rauschte entrüstet aus dem Zimmer.

*

Dass Mama nicht nur eine duldsame und auf Familienfrieden ausgerichtete Frau war, erfuhr ich eines wunderschönen Sonntagnachmittags.

Wir waren zu einem Ausflug mit dem roten VW im Schwarzwald unterwegs. Genauer gesagt, waren wir auf der Hornisgrinde gewesen und befanden uns auf der Heimfahrt nach Weinbuch. Ein Familienausflug mit Oma. Vater am Steuer, Mama daneben, Oma hinten links, Cornelia hinten rechts, und ich hinten in der Mitte.

Die Straße Richtung Sanderhofen, die Vater gewählt hatte, war kurvenreich und eng. Vor unserem Auto bummelte ein schwarzer Mercedes 190, dem bald eine Fahrzeugschlange von ungefähr zehn Autos folgte. Überholen war wegen der vielen Kurven nicht möglich, und verlief die Straße doch einmal geradeaus, dann trödelte der Mercedes in der Mitte der Straße, oder es kam Gegenverkehr.

Vater maulte vor sich hin. *Sonntagsfahrer! Schlafmütze!* Im Rückspiegel sah ich seine erbosten Augen.

Mama versuchte ihn zu besänftigen. *Jetzt lass´ ihn doch. Wir haben ja Zeit.*

Vater rückte dem Mercedes immer dichter auf die Pelle. Seine Hände kneteten das Lenkrad.

Dann erreichten wir eine Stelle, wo eine linksgebogene Haarnadelkurve um eine Felsennase führte. Die Voraussicht betrug keine fünf Meter.

„Jetzt kommt keiner", sagte Vater auf einmal, riss das Lenkrad herum und gab Gas. Mitten in der Kurve überholte er den Mercedes.

Ich, der hinten in der Mitte eine tolle Sicht zur Windschutzscheibe hinaus hatte, war baff. Ja, sprachlos. Wie hatte Vater wissen können, dass an dieser Stelle in dieser Kurve kein Gegenverkehr kommen würde? Besaß er womöglich die Fähigkeit durch Berge und Felsen zu schauen? Sah er vielleicht Dinge, genau wie ich, die andere nicht sehen konnten? Ich dachte an den Düsenjäger und den Kolibri. Es musste so sein. Denn falls er es nicht konnte – warum hatte er dann hier an dieser Stelle überholt?

Ich erhielt keine Antwort auf meine Fragen.

Kaum hatten wir uns mit dem VW vor den schwarzen Mercedes gesetzt, sagte Mama: „Bert, halte bitte sofort bei der nächsten Gelegenheit an."

„Wieso denn das?", fragte er zurück, „jetzt haben wir doch freie Fahrt."

Ich bemerkte, wie Mama sich im Sitz versteifte. „**Halt´ – jetzt – sofort – an!**"

Hinter einer Brücke befand sich eine Ausbuchtung der Straße, an der Rollsplitt zur Straßenausbesserung gelagert wurde. Vater bremste und bog dort hinein. Während Mama ausstieg, fuhren der schwarze Mercedes und alle anderen Autos an uns vorbei.

Vater stieg ebenfalls aus. Mama ging mit ihm ein paar Schritte zur Seite und redete dann sehr aufgebracht auf ihn ein. Es entwickelte sich ein gestenreicher Disput zwischen beiden. Wer den Anlass nicht kannte, meinte vielleicht, Vater und Mama übten sich in einem der neuen Tänze. Aber außer uns war niemand anderer zur Stelle.

Am Ende kam Mama zum Auto zurück. Ich hörte noch den an Vater gerichteten Satz von ihr: „Wir hätten wegen dir alle tot sein können, und andere Menschen noch dazu."

Dann befahl sie uns Kindern auszusteigen.

Es dauerte ein paar Minuten, in denen Vater versuchte, sie zum Umdenken zu bewegen, doch Mama blieb hart. „Die Kinder bleiben bei mir. Fahr´ du mit Oma nach Hause. Irgendwer wird uns schon bis daheim mitnehmen."

So geschah es. Vater fuhr ohne uns los, nur mit Oma auf dem Rücksitz.

Tatsächlich hatten wir Glück. Bekannte aus Weinbuch hielten an und brachten uns nach Hause.

Als wir dort ankamen, war zwar Vaters Auto, aber er selber nicht da. Wir aßen zu Abend und gingen ins Bett.

Es war Nacht, als wir ihn geräuschvoll heimkommen hörten. Er war in einer Kneipe gewesen und hatte sich betrunken. Cornelia und ich bekamen durch Türen und Wände mit, wie er heulte, wie er sterben wollte und wie er Mama um Verzeihung bat.

Mama hat nie wieder über die Sache gesprochen.

*

Seit einigen Tagen gesellten sich hin und wieder andere Kinder zu unserer zehnköpfigen Bande, die in der gedachten Verlängerung des Mattenweg in einem kleinen Häuschen wohnten. Ein

Straßenschild gab es nicht, aber die Adresse lautete *Im Grünloch*. Im Dorfjargon sprach man von der *Arme-Leute-Gasse*. Dagmar, die so alt wie meine Schwester war, und ihr jüngerer Bruder Hilmar. Noch seltener stießen die Geschwister Monique und Jean-François dazu, die in Strasbourg in Frankreich zur Schule gingen und nur an Wochenenden und in den Schulferien hier wohnten. Ihre Eltern, der Vater war Franzose, die Mutter deutsch, besaßen eines der Häuschen *Im Grünloch*, von denen es insgesamt drei gab. Zufällig lag auch der Bauplatz für Konrads neues Haus in der Nähe.

Für folgendes Ereignis aber war nur Hilmar wichtig. Und ich.

Hilmars Vater kannte man im Dorf nur unter seinem Spitznamen *Graf von Weinbuch*, weil er sich im Alkoholrausch in einer Kneipe einmal selbst so betitelt hatte.

Cornelia und Dagmar hatten sich von uns abgesetzt, wohin, und was sie dort spielten, wusste ich nicht. Hilmar lungerte gelangweilt in der Höhe unseres Hauses auf dem Mattenweg herum.

Ich hatte im Schopf beim Hühnerstall ein Ei gefunden. Kein echtes Hühnerei, sondern so etwas wie eine Hühnereiattrappe. Es war relativ schwer und aus Gips. Später sollte ich von Oma erfahren, dass man es Hennen ins Nest legte, um sie zum Brüten zu animieren. So zumindest hatte ich es verstanden.

Mit dem Ei ging ich in den hinteren Hof, warf es spielerisch in die Luft und fing es wieder auf. Hilmar, neugierig geworden, kam hinzu.

„Pass' auf", sagte ich, *„wir machen ein Spiel. Siehst du das Fenster dort oben?"* Ich meinte das Küchenfenster über dem schrägen Schopfdach. *„Wir werfen das Ei das Dach hinauf, und wer es am nächsten ans Fenster schafft, hat gewonnen."*

Wir warfen abwechselnd und fingen das Ei, wenn es über das Dach wieder herunterkollerte, nach jedem Wurf auf. Wie nah wir es ans Fenster schafften, konnten wir an den Reihen der Dachziegel ablesen. Je höher desto näher.

Hilmar hatte einmal die oberste Reihe getroffen und lag in Führung. Wenn ich gewinnen wollte, musste ich weiter werfen als er. Das gelang mir mit Bravour, denn ich traf nicht nur das Fenster, sondern – klirr – durch die Scheibe in die Küche. Klarer Fall, ich hatte das Spiel gewonnen. Aber der Jubel blieb mir im Halse stecken. Von einer Sekunde auf die andere wurden mir die Bedeutung und das Ausmaß, was ganz speziell mein persönliches Wohlbefinden betraf, bewusst. Ich kam mir vor wie der Passagierdampfer Titanic, der frontal auf einen Eisberg zusteuerte und nichts, aber auch gar nichts unternehmen konnte, eine Kollision zu verhindern. Doch, unternehmen konnte man schon etwas, aber es würde nichts nützen. Die Titanic war, wie ich aus der Geschichte wusste, zum Zusammenstoß verdammt und dem Untergang geweiht.

Ich schickte Hilmar nach Hause und stürmte dann in unsere Küche, um die Scherben zu beseitigen. Dabei glotzte mich das Loch in der Scheibe wie ein Ungeheuer an. Und die Uhr tickte. Ich wusste, dass mit jeder Minute das Unausweichliche näher rückte, und ich wusste im Voraus, wie es aussehen würde. Klatsch, klatsch, klatsch.

Machte es Sinn, wenn ich abhaute? Einfach abhaute? Einen Rucksack packte und davonlief? Denn den Schmerz, der mich erwartete, mochte ich nicht ertragen müssen.

Oder gab es einen anderen Ausweg? Vorhang vor die kaputte Scheibe ziehen und abwarten? Nein, Quatsch. Ich hatte keine andere Wahl. Durch dieses Tal der Tränen musste ich durch.

Da fiel mir die Geschichte von dem Buben, dem Beil und dem Apfelbäumchen ein. Ehrlichkeit und Wahrheit. War das eventuell meine Chance? Ehrlichkeit? Wahrheit?

Schön wär´s.

Aber ich glaubte nicht, dass mein Vater ähnlich gestrickt war wie jener Papa des kleinen Buben in der Geschichte, und meinen Mut hinter der Wahrheit erkennen würde.

Mein Vater würde mich so oder so verdreschen. Also konnte ich es gleich mit einer Lüge probieren in der Hoffnung, die Wahrheit käme auf wundersame Weise nicht ans Licht.

Denn wer das Glück hatte, einen Düsenjäger und einen Kolibri sehen zu dürfen, durfte auch in diesem Falle Glück erwarten.

Obwohl, meine Hoffnung glomm so winzig wie der Rest einer Glut in bereits erkalteter Asche.

Ich drückte mich so lange in der Gegend herum, bis ich den Heimgang nicht länger hinauszögern konnte. Man erwartete mich bereits und ich begriff, dass es ernst werden würde.

„Wer war das? Warst du das?"

Ich schluckte. Dann schüttelte ich den Kopf. *„Der Hilmar war´s."*

Sobald ich es gesagt hatte, stand mir die Schande wie ein Leuchtturm vor Augen.

Ich bekam noch zehn Minuten Aufschub. So lange dauerte es nämlich, bis sich mein Vater beim *Graf von Weinbuch* persönlich von der Unschuld dessen Sohnes überzeugt hatte. Er kam schweigend aber mit finsterer Miene zurück und legte mich wortlos übers Knie. Dann versohlte er mir den Hintern, wie ich es noch nie erlebt hatte. Mir wurde im wahrsten Sinne des Wortes schlagartig aber spürbar klar, dass mit meinem Glück etwas nicht stimmen konnte.

12. September 2024

„Dein Vater war wohl sehr streng gewesen?"
Pit war an einer Stelle stehen geblieben, der ihnen eine spektakuläre Sicht in die Tiefe des Steinbruchs gewährte. Es war Peters Vorschlag gewesen, den Steinbruch zu Fuß zu umrunden. Sie befanden sich nun sozusagen auf der Rückseite des Berges, dessen Ausläufer durch Sprengungen und Baggerbisse angeknabbert waren.

Peters Mienenspiel nach schien er für die Antwort zwischen der ungeschminkten Wahrheit und einer unverfänglichen Floskel abzuwägen.

„Ich habe mir viele Gedanken über ihn gemacht, warum er so war wie er war. Heute fällt mein Urteil über ihn gnädiger aus, als es vor vielen Jahren noch gelautet hätte. Vielleicht weil ich altersweise geworden bin? Du erlaubst mir doch diesen kleinen Anflug von Eitelkeit?

Ich glaube, er konnte gar nicht anders. Wenn man überlegt, wann er geboren wurde, dann kann man vieles verstehen. Jahrgang 1926, Pit. Als Kind hineingeworfen in die Zeit des *Dritten Reiches*. Aufgewachsen mit einer

Doktrin und deren Größenwahn, die einen Knaben wie ihn beeinflussen musste. *Deutschland, Deutschland über alles.* Als junger Mann mit siebzehn noch Rekrut und Soldat geworden. Und danach? Nachdem der Traum des *Dritten Reiches* vorbei war? Alles, was vorher gut war, war auf einmal nicht mehr gut? Um die intensive Jugendzeit betrogen worden? Musste er da nicht verbittert gewesen sein?

Und mit der Kindererziehung. Er hatte es schlichtweg nicht besser gewusst. Woher auch?

Ich hatte ihn einmal beobachtet. Auf dem Plattenspieler lief eine Langspielplatte mit der Aufnahme eines *Großen Zapfenstreichs.* Militär, du verstehst, Pit. Bei der Stelle *Helm ab zum Gebet* war mein Vater tatsächlich vom Sessel aufgestanden und hatte, Hände an der Hosennaht, Haltung angenommen.

Ja, sein Gedankengut war rechtsextrem durchdrungen. Was er über Ausländer sagte, darf man gar nicht weitererzählen. Über Straftäter? Alle auf eine Insel, Krokodile drum herum.

Und doch muss er auch seine guten Seiten gehabt haben. Vielleicht ist er sogar charmant gewesen. Schließlich hat meine Mutter ihn mal geliebt."

„Und das Glück, Peter. Sind sie, Mutter und Vater, glücklich gewesen? So wie du mit Beni oder wie ich mit Eliza?"

„Das ist eine gute Frage. Wir Kinder haben ja so bald wie möglich das Elternhaus verlassen und sind nur an den Pflichtterminen zu Besuch gekommen. Mama hat, glaube ich, sehr gelitten. Aber sie hat sich nichts anmerken lassen. Nur in den Telefonaten und in ihren Briefen hat sie von ihrer Sehnsucht gesprochen. Von der Sehnsucht nach mir."

Herbst 1962

Der Herbst war mit Abstand die Zeit mit den herrlichsten, aber auch kräftigsten Düften. Roch es in Omas Küche sowieso schon immer etwas anders, galt das für die langen Abende ganz besonders. Mochte es daran liegen, dass sie Rapsöl zum Braten verwendete, oder Opa Weizen- und Maiskörner über dem Feuer röstete und Pilze trocknete, oder zweimal wöchentlich aus Kartoffelschalen und anderen Essensresten das Schweinefutter auf dem Herd gekocht wurde – es waren der Gerüche so viele.

Oma veranstaltete traditionell den Kastanien- abend. Es war Aufgabe von uns Kindern, die Kastanien aus dem Wald herbeizuschaffen. Die wurden dann gekocht, geschält und gegessen. Dazu gab es Most aus Opas Fässern. Für uns Kinder natürlich unvergorenen Apfelsaft.

Opa bevorzugte die auf der heißen Herdplatte gerösteten Kastanien. Dazu briet er Apfelschnit- ze und legte grüne Tannenzweige dazu. Es roch nach Geborgenheit.

Seltsamerweise war Vater nie mit von der Partie. Er mochte keine Kastanien.

Mir gefiel noch ein weiteres Detail an Omas Küche. In ihrem Küchenschrank, rechts unten, bewahrte Oma in einer rostroten blechernen Kaffeekanne kalten Kaffee auf. *Kathreiners*

Malzkaffee. Wann immer ich durch ihre Küche ging, von drinnen nach draußen oder umgekehrt, und es war niemand da, dann öffnete ich den Küchenschrank und setzte die Kaffeekanne mit dem Schnabel an meine Lippen und trank von dem Kaffeeersatzgetränk. Ich glaube, Oma wusste darüber Bescheid. Denn die Kanne war immer voll, nie halbvoll oder gar leer. Doch über all die Jahre war zu diesem Thema nie ein Wort gefallen, weder von ihr noch von mir.

Ein Fernsehgerät stand nun auch in unserer guten Stube. Schwarz-weiß, egal, aber bewegt. Und im Oktober begann der sonntägliche Straßenfeger die Wohnstuben im Mattenweg zu erobern: *Bonanza* mit *Ben, Adam, Hoss* und *Little Joe Cartwright*.

Waren die Sonntagnachmittage bislang dadurch geprägt, dass die gesamte Familie spazieren oder wandern ging, ich mit einem bescheuerten Tirolerhut auf dem Kopf, wurden sie ab Oktober von *Bonanza* diktiert. Bald gehörte die *Cartwright-Familie* zu unseren Freunden, die uns regelmäßig besuchten. Mit Bewegung an der frischen Luft in der Natur war nichts mehr, und meine Eltern wurden allmählich fett. Im Gegenzug war ich den komischen Hut los.

Es war nicht das Fernsehen allein, das den Wandel herbeiführte. Auch die Eröffnung des ersten Supermarktes in Durlangen trug dazu bei. Was man vorher beim Krämerladen im Dorf gekauft hatte, besorgte man sich nun im Supermarkt. Zudem bekam man dort alles, was man benötigte, und auch alles, was man nicht benötigte. Nach ein paar Jahren existierte der Krämerladen nicht mehr.

Die Wild-West-Serie kam als willkommene Abwechslung für unsere Mattenwegbande wie gerufen. Der Schauplatz unserer Spiele verlagerte sich eine Zeit lang ins *Im Grünloch*. In die *Arme-Leute-Gasse*. Zu den drei Häuschen, die von Bau und Stil einer Western-Stadt ziemlich ähnlich waren. Fast wie *Virginia City* bei der *Ponderosa-Ranch* der *Cartwrights*. Ein Pfad führte an ihnen vorbei, und die Vordächer waren auf Holzpfeiler gestützt. Das mittlere der drei gehörte dem *Graf von Weinbuch*. Dagmar, der Tochter, fiel die Rolle der Saloon-Besitzerin zu. Mit dem Ausschank von Melissen- oder Pfefferminz-Whiskey kam sie dem Vorbild aus der Flimmerkiste sehr nahe.

Leider brachte Oma wenig bis gar kein Verständnis dafür auf, dass sich ein freier Cowboy in einem freien Land normalerweise keine Befehle erteilen ließ. Ein Cowboy gehorchte nämlich höchstens dem Rancher, dessen Rinder er bewachte, und einer schönen Frau, für die er schmachtende Lieder sang und sich nach einem Leben mit ihr sehnte. Beides hatte Oma nicht zu bieten. Wer bloß einen Stall voller Hühner besaß, war noch lange kein Rancher.

Aber Oma pfiff mir was. *„Ich geb' dir gleich Rancher und schöne Frau. Du kommst jetzt mit, und zwar auf der Stelle.“*

Bei einer der vielen Wanderungen durch die Wälder der Umgebung waren ihr an zwei Fichten grüne, weißbeerige Mistelgewächse aufgefallen. Diese Misteln waren zwar nicht selten, man konnte sagen, es gab sie zuhauf, aber die Exemplare, auf die Oma es abgesehen hatte, waren besonders schön, dicht und groß gewachsen, kugelförmig und – sehr hoch oben.

„Du musst nur hinaufklettern und die Kugeln am Stiel abschneiden.“

Für die untersten Äste der Fichten waren Oma und ich zu klein, und die Stämme so dick, dass wir selbst zu zweit sie nicht umfassen konnten. Aber Oma war sich nicht zu schade, für mich die Räuberleiter zu sein. So kletterte ich auf ihre Hände, dann auf die Schultern, und konnte einen Ast ergreifen. Von dort an war es einfach. Erst mal.

Die Bäume standen auf einem Berg am Waldesrand. Das heißt, auf einer Seite hatte ich freie Sicht hinaus ins Tal, aber auch nach unten. Da fühlte sich die erklommene Höhe doch gleich einmal anders an. Ich nahm mir vor, immer mit mindestens drei Kontakten am Baum zu bleiben und die Äste so fest zu umklammern, als würde ich sie nie wieder loslassen.

Die Misteln hingen in einer Höhe von circa zwanzig bis fünfundzwanzig Meter. Die Äste unten waren noch dick und stark. Nach oben hin wurden sie dünner und sie wuchsen auch enger beieinander.

Oma rief von unten: *„Warum dauert es so lange?"*

Pfff, dachte ich, *bin ich ein Eichhörnchen?*

Ich wand mich durch das Geäst wie eine Schlange, höher und höher. Dann, ich glaubte, dass ich vor Anstrengung zitterte *(aber wahrscheinlich hatte ich Angst)* wurde es schwierig. Ich hatte die erste Mistel erreicht. Sie wuchs aus einem Ast ziemlich weit weg vom Stamm. Um sie mit der Baumsäge zu erreichen, musste ich mich auf den Ast hinauslehnen. Aber die Mistel ist eine Schmarotzerpflanze und entzieht dem Wirt, also dem Baum, den Saft und die Kraft. Der Ast wird morsch. Und wie ich mich hinauslehnte, knackte es verdächtig im Geäst. Oh Mann, Mist.

„Was machst du denn da oben? Warum sägst du sie nicht ab?", rief die ungeduldige Oma.

„*Der Ast ist morsch*", rief ich nach unten. Ich wollte nicht gestehen, dass ich Schiss hatte.

„*Dann säg´ doch den ganzen Ast ab!*", schallte es zurück. Und dann folgte der typische Satz derer, die am liebsten alles selber täten, wenn sie nur könnten, aber warum auch immer nicht konnten.

Der Ast tat mir leid. Ich lehnte mich so vorsichtig wie möglich hinaus zu der Mistel und hing mit nur einem Bein und einer Hand am Stamm. So gelang es mir, den Strunk an der Wurzel abzusägen. Krachend rauschte die Mistelkugel nach unten.

Zu ihren Füßen liegend sah Oma ein, dass die Mistel aus der Nähe betrachtet um einiges größer war als sie von unten in der Höhe des Baumes ausgesehen hatte. Darum meinte sie, dass ich nur noch eine weitere Mistel abzusägen brauchte. Letztendlich mussten wir sie mit dem Leiterwagen einigermaßen unversehrt nach Hause geschafft kriegen, und zwei von diesen Kugeln passten gerade so drauf.

Später in der Woche hatte ich mitbekommen, wie Oma die Misteln an Hoteliers in Sanderhofen verkaufte. Fünfzig Mark pro Stück. Und ich bekam davon – nichts.

*

Es wurden Nägel mit Köpfen gemacht. Wenn irgend möglich, sollte Konrads Kind im eigenen Haus zur Welt kommen. Oma war die treibende Kraft.

Das Grundstück war bereits gesichert und ein Architekt schnell zur Hand. Auch wenn es meinem Vater nicht gefiel: Ihm war von der Firma der Auftrag erteilt worden, mit dem Bagger die Baugrube und die Gräben für die Erschließung des Grundstückes auszuheben. Er tat es mit ordentlichem Druck auf dem Kessel. Was ihn besonders ärgerte war, dass die Baugrube für den Erweiterungsbau *unseres* Hauses von Hand gegraben werden musste, weil für den Einsatz eines Baggers der Platz fehlte. Omas Zwetschgenbäume standen im Weg, und damit war der Fall gegessen. Ich glaubte, die Kröten in Vaters Bauch quaken zu hören, die er schlucken musste. Für den Beginn der Umbaumaßnahmen am eigenen Haus war aber sowieso erst der nächste Frühling ins Auge gefasst worden. Anders als bei Konrad pressierte es somit nicht.

An Konrads Baustelle indes ging es voran. Die Fundamente waren gelegt und die Kellerbodenplatte betoniert. Der Maurer aus dem Dorf zog mit seinen Lehrlingen die ersten Wände hoch. Man konnte das Haus förmlich aus dem Boden wachsen sehen. Trotzdem war abzusehen, dass es zum errechneten Geburtstermin des erwarteten Kindes nicht fertig sein würde. Konrads schwangere Freundin hatte ich bis dato noch nicht kennengelernt.

Oma, dem ungekrönten Oberhaupt der Familie, wurde unterdessen eine Zwangspause verordnet. Am Tag ihres neunundfünfzigsten Geburtstags setzte eine veritable Erkältung sie außer Gefecht, und der Hausarzt empfahl ihr unbedingte Bettruhe. Vermutlich hatte sie sich die Sache auf dem Markt in Durlangen eingehandelt. Und wer nicht gewohnt war, auch nur vorübergehend die Fäden aus der Hand zu geben, entwickelte sich, ohne böse Absicht freilich, zum nörglerischen Tyrann. Vom jüngsten bis zum ältesten Hausbewohner standen praktisch alle auf habt acht.

Was am wenigsten zu erwarten gewesen war, betraf Omas Fernsehkonsum. Sie war, wie mir schien, süchtig. Wenn sie das Tagwerk beendet hatte, wollte sie fernsehen. Ganz gleich, was gesendet wurde, Oma guckte alles. Mehrfach schon war es vorgekommen, dass man sie spätabends schlafend vor dem Testbild des Fernsehgeräts vorfand und sie wecken musste.

Nun lag sie krank im Bett.

Das Wohnzimmer, wo der Fernseher in der Ecke stand, war durch eine Tür mit Omas

Schlafzimmer verbunden. Leider war in gerader Linie von Omas Bett aus der Bildschirm nicht zu sehen, und der Fernseher konnte wegen des festen Netzanschlusses nicht verschoben werden. Ärgerlich. Ich sah ihr den Schmerz im Gesicht an und hatte eine Idee.

Bei den Gerätschaften im Schopf war mir ein Spiegel aufgefallen, etwa dreißig auf vierzig Zentimeter. Verstaubt, aber wenn ich ihn putzen würde …?

Vier Nägelchen aus Opas Werkzeugkiste, ein Hammer, und ich befestigte den Spiegel an der Verbindungstür. Dass dadurch vier kleine Löcher im Lack entstanden – Oma erlaubte mir für diesen Zweck alles. Dann ging es nur noch darum, die Tür so zu öffnen und zu fixieren, dass von Omas Bettplatz aus der Bildschirm im Wohnzimmer zu sehen war. Spiegelverkehrt zwar, aber Oma wollte ja nicht lesen. Dann die Lautstärke aufgedreht, und Oma war glücklich.

Wieder gesund, jagte sie mich erneut auf die Bäume. Sie besaß ein Gedächtnis wie ein Elefant und hatte nicht vergessen, dass an der zweiten Fichte schöne Mistelkugeln hingen. Bares Geld für sie, und hundert Mark wollte sie einfach nicht links liegen lassen. Mit dieser Einstellung konnte ich mir ausrechnen, wieviel davon sie mir geben würde. Genau. Null.

Mit der Zeit kriegte ich mit, dass Oma enorm geizig war. Wer besonders darunter litt, war Opa, denn seit er in Rente war, schickte Oma ihn zum Einkaufen. Sie verglich die Preise und rechnete nach, was an Restgeld noch im Geldbeutel zu sein hatte. Und wehe, es fehlte ein Pfennig. Dann war Heu unten, wie man sagte.

Winter 1962/1963

Heilig Abend fand in der guten Stube statt. Der Christbaum hatte seinen gewohnten Platz in der Zimmerecke an das Fernsehgerät abtreten müssen und stand heuer zum ersten Mal vor dem Fenster neben dem Buffet. Mit einem Blick durchs Schlüsselloch hatte ich festgestellt, dass der Gabentisch bereits gedeckt war. Die Stube vor der Bescherung zu betreten war allerdings streng verboten. Ich wusste also nicht, was an Geschenken auf mich zukommen würde.

Nach dem Kirchgang gab es traditionell Kartoffelsalat und Wiener Würstchen. Dabei hatte ich gar keinen Hunger. Je mehr ich ungeduldig mit den Beinen zappelte, desto stärker empfand ich, dass Vater und Mama verdächtig langsam aßen. Und nach dem Essen wurde erst noch umständlich das Geschirr gespült und aufgeräumt.

Dann endlich legte Mama die Schürze ab und verließ die Küche. Wenn es klingelte, hieß es, durften wir nach unten kommen.

Im Treppenhaus duftete es nach Opas Bratäpfeln. Am Christbaum brannten die Kerzen. Mama stimmte „Stille Nacht" an und die ganze Familie fing an zu singen. Dann kam „Oh du fröhliche", und dann war Bescherung.

Cornelias Geschenkeberg war der höchste, aber nur, weil sie so viel Bettwäsche für die sogenannte Aussteuer bekam. Was sollte ein knapp zwölfjähriges Mädchen mit einem Berg Bettwäsche anfangen? Ihre Freude wirkte aufgesetzt, aber eine gute Schauspielerin war sie nicht. Sogar ich spürte ihre Enttäuschung.

Aus meinem Stapel packte ich eine lange Lederhose aus. Kniebund. Die musste ich sogleich anziehen, und Vater vollzog an mir den Schmerztest. Es ging die Mär, dass man in einer Lederhose keine Schläge auf den Hintern spüren würde. Ich spürte sie trotzdem, machte an Weihnachten jedoch gute Miene zu diesem doofen Brauch. Ein Lederhosenbub durfte kein Weichei sein.

Zuunterst lag ein flaches Päckchen. Ein *Märklin-Systembaukasten*. Man konnte damit einen Kran, einen Bagger und eine Seilbahn bauen. Ich fing gleich mit der Seilbahn an. Aber irgendwie machte ich etwas falsch. Wollte ich zwei Elemente miteinander verschrauben, steckte ich zuerst die Schraube in die vorgesehenen Löcher, um anschließend die Mutter von hinten draufzudrehen. Als mir die kleine Mutter zum dritten Mal aus den Fingern fiel, schob Vater mich zur Seite. *„Ich kann es nicht mit ansehen. Aus dir wird halt nie ein Techniker"*, spottete er und nahm mir die Bauteile aus der Hand.

„Dann zeig's mir halt", verlangte ich mutig.

Das tat er dann tatsächlich. *„Siehst du: Du legst die Mutter flach an das Loch, durch das die Schraube kommt. Jetzt kannst du von außen die Schraube ganz einfach in die Mutter drehen. Da! Schon hält es zusammen."*

„Woher hab ich das denn wissen sollen?", fragte ich.

„Ein gescheiter Kerl weiß sowas", war die Antwort. Und zu Mama sagte er: *„Den Traum von einem Ingenieur in der Familie können wir uns wohl abschminken."*

Mama antwortete: *Ach Bert, lass' ihn doch. Es wird schon was rechtes aus ihm werden."*

Für mich war dieser Heilig Abend gelaufen. Aus Frust fraß ich eine ganze Tüte Weihnachtsplätzchen in mich hinein.

Zum Glück war da noch Oma, die einen Weg aus der Tristesse fand. *„Jetzt, wo die Besche-*

rung vorbei ist, könnten wir ein bisschen Fernsehen."

„Gute Idee", fand Cornelia und zwinkerte mir mit einem Auge zu. Wusste sie etwas, von dem ich nichts wusste?

„Also Albert, schalt' den Fernseher ein", bat sie Vater und setzte sich auf ihren Fernsehstuhl.

Vater ließ sich nicht zweimal bitten, unterdrückte aber mit Mühe ein Schmunzeln. Er drückte den Einschaltknopf und wandte sich ab. Auf dem Bildschirm erschien ein Schneetreiben und atmosphärisches Rauschen. Oma starrte gebannt auf das Bild. Dann reklamierte sie: „Aber da kommt nix."

Vater zuckte mit den Schultern und drehte einen Knopf am Gerät. Jetzt liefen Zickzackstreifen über den Bildschirm.

„Ist er kaputt? Neu und schon kaputt?" Oma reckte den Hals.

„Ich weiß auch nicht. Gestern ging er noch. Vielleicht ist es eine Störung am Sender", murmelte Vater und schaltete das Gerät aus. „Schade."

„Ja wenn das so ist, dann kann ich auch ins Bett gehen", sagte Oma und erhob sich vom Stuhl. „Gute Nacht."

Abends im Bett erzählte Cornelia, dass Vater am Nachmittag den Fernseher manipuliert und die Störung absichtlich eingestellt hatte.

*

Am ersten Schultag nach Drei König hatten wir in der ersten Stunde Religionsunterricht bei Pfarrer Litterst. Er war bei allen Schülern unbeliebt, sogar gefürchtet. Mädchen zog er, wenn sie eine seiner Fragen nicht beantworten konnten, an den feinen Haaren überm Ohr. Buben verabreichte er mit einem Bambusstock Tatzen über die Finger.

Er fragte, bei wem zu Hause die Drei-Königs-Sänger schon gewesen waren. Fast alle in der Klasse streckten den Finger. *„Und woran sieht man das? Du."* Er zeigte auf mich.

„Sie schreiben mit Kreide Zahlen und Buchstaben über die Haustür", antwortete ich.

„Ja, und was für Zahlen und Buchstaben? Kannst du es an die Tafel schreiben?"

Ich stand auf und ging zur Tafel, nahm ein Stück Kreide und schrieb: 19 – C + M + B – 63.

„Schön. Und was sagen uns diese Zahlen und Buchstaben?", fragte er.

„Dass im Jahre 1963 die drei Könige Caspar, Melchior und Balthasar dagewesen sind."

Pfarrer Litterst kam auf mich zu, schnappte mich am Ohr, drehte das Ohr bis es schmerzte und führte mich so zu meiner Schulbank. *„C+M+B. Caspar, Melchior und Balthasar. Das* *ist falsch. Wer weiß es besser?"* Er schaute sich in der Klasse um. Nicht einer, der den Finger streckte. *„Dann will ich es euch sagen, ihr Heiden. C+M+B steht für Christus Mansionem Benedicat. Das heißt auf Deutsch: Christus segne dieses Haus. Merkt euch das bis nächstes Jahr. Ich frage bestimmt wieder."*

Als Vater am Abend nach Hause kam, glühte mein Ohr noch immer, doch ich hatte wider besseres Wissen nichts Dümmeres zu tun, als Pfarrer zu spielen und ihm dieselbe Fangfrage zu stellen: *„Was heißt C+M+B?"*

Er tappte in die Falle. *„Was soll es schon anderes heißen als Caspar, Melchior und Balthasar? Das solltest du eigentlich wissen."*

Ich grinste und sagte: *„Nein, es heißt anders."*

Er fing an zu poltern. *„Caspar, Melchior und Balthasar. Hat es schon immer geheißen. Basta."*

Nun, da ich merkte, wie brenzlig die Situation zu werden drohte, zog ich mich zurück und schalt mich einen blöden Hammel. Die Rechthaberei, sowohl von ihm als auch von mir, war es nicht wert, einen Streit vom Zaun zu brechen.

Am nächsten Mittag jedoch wendete sich das Blatt. Nach Schulschluss lugte ich aufs

Geratewohl bei Oma in der Küche vorbei. Sie blätterte in der Zeitung, während Opa auf dem Sofa saß und eine Brezelsuppe löffelte. Normalerweise schaute ich die Tageszeitung nicht mal mit dem Hintern an. Aber war es Zufall oder eine Fügung? Jedenfalls blieb mein Blick auf einem Artikel in der Zeitung hängen. Nur eine schmale Spalte breit und ein paar Zeilen lang. Fettgedruckt: C+M+B. Ich beugte meinen Kopf nach vorne, um den Text zu lesen. Er behandelte genau die Frage, die Pfarrer Litterst gestern Morgen gestellt hatte, inklusive der Auflösung der Frage.

„Oma, diese Seite will ich haben, wenn du sie fertiggelesen hast.", sagte ich. *„Unbedingt."*

„Kannst sie gleich haben", antwortete sie und riss die Seite ab. Ich nahm sie, faltete sie zusammen und steckte sie in meinen Schulranzen.

„Habt ihr kein Klopapier in der Schule? Müsst ihr es jetzt von daheim mitbringen?", fragte sie.

„Nein, nein, ich brauch' sie für etwas anderes", sagte ich und stieg die Treppe hinauf in unser Zimmer. Mein Herz klopfte, als wollte es aus der Brust springen.

Ich schnitt den Artikel aus. Spätabends, als ich hörte, dass meine Eltern zu Bett gingen, schlich ich mit heißem Gesicht in die Küche und legte ihn an Vaters Platz auf den Tisch.

Das Thema C+M+B war damit für alle Zeiten erledigt.

12. September 2024

In Eintracht und in leicht gebeugter Haltung, die Hände auf dem Rücken, gingen Peter und Pit im Gleichschritt nebeneinander her. Der Steinbruch lag nun rechter Hand der Straße, die in den Ort hineinführte. „Wer, beim Teufel, hat dieser Straße den Namen Birnbaumallee verpasst? Es ist ja außer ein paar Gerippen kaum noch ein Baum zu sehen."

„Wie es halt so ist, mit uns Menschen. Es gibt ja zum Beispiel auch *Sophie-Scholl-Schulen* oder *Konrad-Adenauer-Plätze*, und die Namensgeber leben nicht mehr. Aber du hast recht. Die Birnbäume waren vor sechzig Jahren schon alt. Die meisten hatten wegen Gefährdung des Straßenverkehrs gefällt werden müssen. Für die übrigen Bäume ist es nur eine Frage der Zeit."

„Ja, gesund sehen die nicht mehr aus", bestätigte Pit.

„Es hat sich vieles verändert", sprach Peter weiter. „Das Neubaugebiet links ist erst in den letzten Jahren entstanden. Sinniger-weise im Hochwasserschutzgebiet. Ein kräftiges Unwetter, und die Keller laufen voll Wasser. Man weiß es, aber die Leute hier sind alle katholisch, und man vertraut auf die Gebete und auf den lieben Gott, dass man verschont bleiben möge. Früher waren das alles Wiesen, wo das Wasser sich ausbreiten konnte."

Sie erreichten die ersten Vorgärten der Häuser rechts der Straße. Es hielten sich doch einige Leute darin auf, verrichteten Arbeiten, wie sie überall zu der Jahreszeit anfallen.

Peter ging unbeirrt und ohne nach rechts oder nach links zu schauen weiter.

Pit wunderte sich: „Äääh, wie ich gerade merke, scheint man sich hier nicht zu grüßen? Ich meine zum Beispiel: *Guten Tag, Frau X*, oder *Hallo Reinhard, wie geht's immer?*. Ja? Nein?"

Es dauerte zwanzig Schritte, bis Peter sich zu einer Antwort gemüßigt fühlte . Pit hatte mitgezählt. „Ich bin in diesem Kaff der Exot. Ich gehe nicht in die Kirche, nicht in die Kneipe. Ich bin in keinem Verein und ich besuche keines der vielen Feste. Gerade noch, dass mir der Briefträger die Post bringt und die Zeitungsausträgerin die Zeitung. Dafür erhalten sie von mir ein ordentliches Trinkgeld. Nein, Pit, ich will mit den Leuten hier nichts zu tun haben und, wie du richtig bemerkt hast, sie nicht mit mir. Ich kann damit sehr gut leben."

Frühling 1963

Zu uns aufs Land kam der Film natürlich erst später. Während er in den großen Städten schon längst gelaufen war. *Der Schatz im Silbersee* nach dem Buch von Karl May. In unserer Bande brach das *Winnetou*-Fieber aus.

„Du kannst nicht *Winnetou* sein", sagte Gottfried entschieden.

„Und warum nicht?", fragte Frieder zurück. „Ich hab´ die Silberbüchse."

„*Winnetou* hat schwarze Haare, und du bist blond. Du kannst höchstens *Old Shatterhand* sein. Der ist auch blond."

Wir befanden uns im Karl-May-Fieber. Gottfried wollte nicht zulassen, dass ein vor kurzem Zugezogener den Apachen-Häuptling spielte, und Frieder war erst seit drei Wochen unser Nachbar. Da durfte er noch keine Ansprüche anmelden. Die fünf Buben von den *Zehn Getreuen* und Cornelia, meine Schwester, hatten den Film *Der Schatz im Silbersee* im Kino gesehen.

„Cornelia soll *Winnetou* sein. Sie hat lange dunkle Haare wie er", bestimmte Gottfried.

Frieder wurde rot vor Ärger. Entweder er schluckte die Kröte, oder er würde sich auf der Stelle aus dem Kreis der Erlauchten katapultieren. „Also gut, für heute bin ich *Old Shatter-*

hand. Aber morgen werde ich *Winnetou* sein. Ihr werdet sehen. Meine Silberbüchse geb´ ich aber nicht her."

Wir standen im Kreis. Gottfried, Frieder, Gerd, Markus, Susi, Cornelia und ich. Die anderen Mädchen durften von ihren Eltern aus nicht mitspielen. Da die wichtigsten Personalien verteilt waren, durften die anderen jetzt ihre Kriegernamen nennen. Gottfried wählte den Namen *Old Firehand*, der zwar in Karl Mays Buch, doch im Film gar nicht vorkam. Markus wurde Listiger Fuchs, Gerd zu Großer Büffel, Susi zu Kleines Reh und ich zu Schneller Hirsch.

Aus unseren Ritterburgen in den Steinbrüchen des Kastanienwald wurden Tipis. Und aus unseren Kettenhemden wurden im Handumdrehen Wildlederhemden. Mit etwas Vorstellungskraft kriegten wir das problemlos hin.

Frieder war also für einen Tag *Old Shatterhand*. Es war bewundernswert, wie er sich in die Rolle fügte. Aber er war ja nicht Nichts, sondern immerhin der Blutsbruder Cornelias. Also *Winnetous*.

Am nächsten Tag jedoch erschien er mit einer aus schwarzer Wolle gefertigten Perücke. Eins musste ihm der Neid lassen: Die Perücke hatte er wirklich gut hingekriegt. Und da er in Besitz der Silberbüchse war, hatte niemand mehr etwas gegen ihn als *Winnetou* einzuwenden. Auch Cornelia nicht, die nun seinen gestrigen Platz als *Old Shatterhand* einnahm.

Da wir an Zahl nur ein kleiner Haufen waren, hatte unser Indianerstamm keine echten Feinde. Wir waren ein friedliebendes Volk. Was uns nicht davon abhielt, eine Friedenspfeife zu rauchen. Dafür bohrten wir aus einem wilden Holunderzweig das weiche Mark heraus und füllten ihn mit getrockneten Kastanienblättern. Das erfüllte voll und ganz seinen Zweck, denn es qualmte ordentlich, sodass ein jeder einen Mund voll Rauch in die vier Himmelsrichtungen blasen durfte. Ganz nebenbei erwies sich, dass man mit hohlen Holunderzweigen wunderbare Blasrohre herstellen konnte. Als Geschosse nahmen wir die noch grünen Holunderbeeren.

Wir gingen hauptsächlich auf Streifzüge und lernten unser Stammesgebiet kennen. Jetzt im späteren Frühjahr waren bereits die Kirschen reif. Die beiden Jüngsten hielten Wache, die anderen kletterten auf die Bäume. Nach erfolgreicher Attacke sahen wir auch in echt wie Rothäute aus. Hauptsächlich an den Händen und um die Münder. Wir merkten uns, wo Nussbäume und Apfelbäume standen, die wir zur Erntezeit überfallen und plündern konnten.

Aber auf Dauer friedfertig zu sein, brachte einem Stamm keine Ehre ein. Zwischendurch überfielen wir unter lautem Indianergeheul die Kleinstadt *Virginia City* und zwangen Dagmar, die Wirtin des Saloons, zur Herausgabe von Feuerwasser. Oder Pfefferminztee, wie sie es nannte. *Winnetou* und *Old Shatterhand* war das zwar nicht recht, weil sie edle Krieger waren. Doch waren es die Weißen gewesen, die uns Indianern das Land geraubt hatten, und darum mussten sie eine Art Miete bezahlen. Wir nahmen ja niemand gefangen.

*

Im April empfing ich die Erstkommunion. Unsere Familie war katholisch, und auf dem Dorf war es ein ungeschriebenes Gesetz, an den kirchlichen Festen teilzunehmen. Mit zehn Jahren wurde man durch den Empfang der Hostie am *Weißen Sonntag* in die katholische Kirche eingegliedert. Die Bedeutung dieses Sakraments wurde uns Kindern in seminarähnlichen Schulungen durch den Pfarrer eingetrichtert.

Den Buben wurden extra zu diesem Fest Anzüge angemessen, die Mädchen trugen weiße Kleider, weiße Strümpfe und einen diademartigen Haarschmuck.

Die Taufpaten und die Verwandtschaft wurden eingeladen. In der guten Stube wurde Platz geschafft und ein Tisch gedeckt, an dem alle Platz hatten. Einen ganzen Tag lang war ich die Hauptperson, und diese Position gefiel mir überhaupt nicht. Einige der Personen, zum Beispiel nach mir die zweitwichtigsten, nämlich die Taufpaten, waren mit absolut fremd. Doch ich musste so tun, als wären sie mir schon lange vertraut. Und absolut wichtig war, dass ich meine Tanten und Onkels immer mit Titel anreden musste. Da sie aus angeblich besserem Hause waren, durfte auch nicht der kleinste Fehler passieren, denn dann hätte ich meine Eltern blamiert.

Alle meine Miterstkommunionskinder hatten im Vorfeld des *Weißen Sonntag* schon spekuliert, was sie alles zu diesem Anlass geschenkt bekommen würden. Möglich, dass ich ebenfalls spekuliert hatte, denn für irgendwas musste das Fest ja gut sein.

Am ersten Schultag nach dem Ereignis wurden dann unter uns Schülern die Daten ausgetauscht. Ich fühlte, wie ich vor Scham langsam immer mehr in den Boden versank. Es wurde von Geldbeträgen über zweihundert, dreihundert, vierhundert Mark geprahlt. Vielleicht wollte der eine auch nur den anderen überbieten, es ließ sich ja nicht nachkontrollieren, aber das waren für ein Kind nette kleine Vermögen. Um nicht als Trottel vom Mattenweg dazustehen, wählte ich einen Betrag von einhundertfünfzig Mark aus. Zu übertreiben war nicht mein Ding. Tatsächlich hatte ich vom Bruder meiner Mama ein Buch von *Mark Twain* mit dem Titel *Huckleberry Finn* und eine Armbanduhr bekommen, und insgesamt von allen Eingeladenen zusammen achtzehn Mark.

Irgendwie hatte ich mich für wichtiger gehalten.

12. September 2024

Beni und Eliza hockten mit gekrümmten Rücken, die Köpfe zusammengesteckt, im Wohnzimmer über aufgeschlagenen Fotoalben und einem Sammelsurium loser Fotografien. Die Mädels waren in die Betrachtungen so vertieft, dass sie Peters und Pits Eintreten gar nicht wahrnahmen.

„Na, ihr Mäuschen, was treibt ihr denn so, wenn die Kater aus dem Haus sind?" Peter warf nur einen schrägen Blick auf den Couchtisch.

„Nach was sieht es denn aus, mein Lieber? Wir ergötzen uns an alten Fotos. Mit denen aus deiner Familie sind wir gerade durch. Im Moment sichten wir die Fotos aus meiner Familie."

„Okay, dann richte ich mal den Kaffeetisch her", sagte Peter.

Bei diesen Worten zischte Beni einen Fluch und eilte ins Badezimmer. Als sie zurückkam, erklärte sie: „Mein provisorisches Gebiss wackelt. Drei – viermal am Tag muss ich Haftcreme draufschmieren, sonst fällt es mir beim Essen aus dem Mund."

Zehn Minuten später dampfte Kaffee in den Tassen und duftete es nach frischem Apfelkuchen. „Selbstgebacken", verkündete Peter stolz.

„Mhm", meldete sich Eliza mit vollem Mund zu Wort, „eine Frage habe ich zu den Fotos von dir: Mir ist aufgefallen, dass auf keinem der vielen Bilder dein Vater drauf ist. Nicht dass ich ihn erkennen würde, aber Beni hat auch nicht ..."

Pit räusperte sich vernehmlich. Peter ließ die Hand mit der Tasse Kaffee in der Luft zwischen Tisch und Mund schweben.

„Ups, bin ich da eben in ein Fettnäpfchen getreten?", fragte Eliza vorsichtig.

Pit räusperte sich ein zweites Mal.

„Es gibt keins, Eliza", antwortete Peter mit erzwungener Ruhe. „Kein Foto von meinem Vater."

„Aber ..."

„Es – gibt – keins", wiederholte Peter sichtlich bewegt.

Sekundenlang herrschte betretenes Schweigen, bis Beni, ihre Augen mit Peters Augen verschraubt, es brach. „Es gibt keine, weil Peter sie alle entfernt hat."

Eliza atmete ein, um zu erwidern, aber Beni kam ihr zuvor. „Aussortiert, zerrissen, vernichtet. Und damit lassen wir es gut sein, gell?"

Sommer 1963

Apropos Gebiss.

Die beiden Zähne links und rechts meiner oberen Schneidezähne wuchsen schief. Meine Eltern hielten es für angebracht, das korrigieren zu lassen.

Die Idee des Zahnarztes war, durch anhaltenden Biss auf ein auf den vorderen Unterzähnen sitzendes Formteil die schiefen Zähne gerade zu drücken.

Ich bekam also ein rosafarbenes Ding mit zwei Höckern in den Mund, auf das ich ständig beißen sollte, bei Tag und in der Nacht. Da ich meine Eltern nicht enttäuschen wollte, versuchte ich mein Bestes. Das Ding war aber gleichzeitig ein Lach- und Sprachverhinderer. Wenn ich lachen musste, hielt ich mir aus Scham eine Hand vor den Mund, und verständlich zu sprechen musste ich praktisch von neu an lernen, weil meine Zunge ständig gegen das Teil stieß.

Welches Gedicht es war, das ich in der Schule vortragen sollte, weiß ich nicht mehr. Aber ich weiß, dass ich neben dem Lehrerpult vor der Klasse stand und anfing zu sprechen. Mitten in der ersten Strophe rutschte der Zahnaufsatz von den unteren Zähnen. Aufgeregt genug, versuchte ich weiterzusprechen, aber das Ding behinderte meine Zunge derart, dass nur noch *mampf* und *pampf* aus meinem Mund zu hören war. In der

Not wollte ich es mit den Fingern herausholen, aber da fingen einige der Schüler schon an zu lachen – und ich zu weinen.

Frau Hägele hatte wegen meiner schrecklichen Quakerei schließlich ein Einsehen und erlöste mich endlich. Mit hochrotem Kopf setzte ich mich auf meinen Platz. Hätte sich unter mir der Boden aufgetan – ich wäre bestimmt hineingesprungen.

Der unschöne Nebeneffekt dieses Zahnaufsatzes war, dass die vier Zähne, worauf es gesteckt war, braune Flecken bekamen, die bis heute nicht weggegangen sind.

*

Einmal im Jahr half unsere Familie, bei schönem Wetter versteht sich, dem Gustavenhofbauern bei der Heuernte. Der Bauer besaß eine Wiese unweit des Steinbruchs, in dem Vater arbeitete. Sie lag idyllisch zwischen den Rebhängen einerseits und dem Wald andererseits. Mitten hindurch floss ein munterer kleiner Bach.

Der Bauer und mein Vater beluden den Heuwagen. Die Kinder des Bauern nahmen das Heu von den hingereichten Heugabeln und verteilten es gleichmäßig auf dem Wagen, sodass es nicht wieder nach unten rutschte. Die Frau des Bauern, sowie Oma, Mama, Cornelia und ich rechten die Heureste zusammen, sodass eine saubere Grasstoppelwiese zurückblieb.

Zur Mittagspause gab es ein Bauernvesper mit selbstgebackenem Brot und Wurst aus eigener Schlachtung. Gegen den Durst lagen Flaschen mit Tee und Malzkaffee im kühlen Bach.

Im Schatten des Waldrandes, von Bremsen geplagt, wartete der Ochse Fritz auf seinen Einsatz. Er war das unersetzliche Zugtier, das den vollen Heuwagen am Abend nach Hause zog. Wenn es aber in die Steigung des Gimpelbachs ging, reichten auch Fritz´ Kräfte nicht. Dann mussten alle Zweibeiner, mit Ausnahme des Bauern, der den Ochsen führte, vom Wagen absteigen und schieben.

Gleich nach Ankunft vor der Scheune, begann die Entladung des Heuwagens. Der spannendste Moment für uns Kinder, denn wir durften das Heu an der Ladeluke entgegennehmen und im Heuspeicher verteilen.

War der Boden hoch genug bedeckt, kletterten wir auf höhere Balken und sprangen von dort zwei bis drei Meter tief hinab ins weiche Heu. Für dieses Vergnügen kamen sogar die Kinder des Pferdehändlers Trunk herüber. Mädchen machten Hechtsprünge, die Buben bevorzugten Salti. Ungeachtet der vom Heu juckenden und brennenden Beine und Arme und Hälse, hörten

wir mit dem Spaß erst auf, wenn die Bauersfrau
zum Abendbrot rief.

*

Bis dahin war ich noch nie in einem Schwimm-
bad gewesen, hatte noch nie, außer in einem
Katalog, einen Badeanzug gesehen. Im
Gegensatz zu meiner Schwester konnte ich
weder schwimmen, noch besaß ich eine
Badehose.

Es war ein brütend heißer Tag im Juli. Ich
ging, wie immer, wenn ich zu Gerd und Susi
wollte, durch die hintere Schopftür hinaus und
über den Mattenweg zu ihrem Haus. Niemand
von uns hatte dort je die vordere Haustür
benutzt. Man ging seitlich ums Haus herum zum
hinteren Eingang. Selbst der Briefträger kannte
es nicht anders. Wer an der vorderen Haustür
klingelte, musste ein Fremder sein.

Dann aber traf ich auf eine Situation, wie ich
sie mir nicht hatte vorstellen können. Dort hinter
dem Haus, im prallen Sonnenlicht, lag eine Frau
auf einem Liegestuhl. Halbnackt. Ein Arm lässig
hinter dem Kopf, auf der Nase ein Sonnenbrille.
Susis Mutter Marie in einem Badeanzug.

Nicht irgendein Badeanzug, sondern ein
Marilyn-Monroe-Badeanzug.

Ich war stehengeblieben. Gaffte unverhohlen auf das Bild.

Susis Mutter musste mich bemerkt haben, denn mit der freien Hand nahm sie die Sonnenbrille ab. *„Peter, mach's Maul zu, es zieht"*, sprach sie mich an.

Ich, der ich noch nicht mal Mama in Unterwäsche gesehen hatte, schnappte nach Luft und lief puterrot an. *„Ich ... ich ... ich ... wollte ... "*

„Geh' einfach rein, Peter, du kennst ja den Weg", sagte sie und schob die Brille wieder über die Augen.

Ich ging dann durch die hintere Tür in die Küche, doch als ich dort Susi und Gerd nicht antraf, machte ich kehrt und rannte nach Hause. Dort musste ich mich erstmal sammeln. Den Anblick von Susis Mutter verdauen.

Was ich gesehen hatte, wäre für meine Mama undenkbar gewesen. Am heiteren hellen Nachmittag auf der faulen Haut zu liegen. Undenkbar. Außerdem hätte Mama gar nicht in solch einen Badeanzug hineingepasst. Und irgendwie, es wollte mir ums Verrecken nicht aus dem Kopf gehen, fand ich Susis Mutter schön. Das verriet ich aber niemandem.

*

Gottfried, Gerd, Frieder und ich kamen vom Bolzplatz. Wir hatten gerade denkbar knapp gegen die Mannschaft aus der Grindestraße verloren. Unglücklich verloren, denn normalerweise waren wir die Besseren. Heute mal nicht.

Der Heimweg führte uns an der Wiese unterhalb des Rathauses vorbei. Ein Trampelpfad. Mehr nicht. Etliche Heuhaufen saßen dort zum Abholen bereit.

Ein Schatten flog über uns hinweg, in relativ geringer Höhe, segelte über ein paar Heuhaufen und landete mit ausgebreiteten Flügeln in kurzer Entfernung auf der Wiese. Die Heuhaufen versperrten uns die Sicht, aber irgendwo dort vorne musste er sein. Der Adler.

Mann, was wäre das für eine Geschichte. Der Stamm der Mattenweg-Apachen besaß einen echten Adler. Und warum nicht? Einige Bauern hielten Eichhörnchen in Volieren am Haus. Warum nicht wir einen eigenen Adler?

Lag da ein Stück Holz neben dem Trampelpfad. Ein Bengel, der in etwa die Form eines Tomahawks hatte. Vierzig Zentimeter lang. Schon in der Hand, schlichen wir, die Heuhaufen als Deckung, in die Richtung, in der wir den Adler haben landen sehen. Still, leise.

Um den letzten Haufen herumgespäht – dort war er. Stehend auf der Wiese. Er bemerkte uns nicht.

Frieder, den Bengel in der Hand wiegend, setzte zum Wurf an. Warf.

Frieder hatte auf dem Bolzplatz zweimal das leere Tor nicht getroffen. Und von tausend Würfen wären aller Wahrscheinlichkeit nach neunhundertneunundneunzig danebengegangen. Bestimmt. Aber dieser eine Wurf traf. Der Adler fiel getroffen um.

Wir mit Jubelgeschrei hingerannt. Der Adler, das schöne Tier, bewegte sich nicht. Auch nicht, als wir ihn in die Hände nahmen. Betroffen standen wir da. Die Erkenntnis, dass wir getötet hatten, traf uns mit voller Wucht.

„Mist, was machen wir mit ihm?"

„Wir müssen ihn begraben."

„Ja, aber wo?"

„Wo niemand ihn findet."

Gottfried, der am nächsten wohnte, rannte nach Hause und kam mit einer Handschaufel zurück.

Ganz in der Nähe floss der Bach vorbei. Die Straße nach Rotsandern überquerte ihn.

„Unter der Brücke wird ihn keiner finden."

Also zogen wir die Schuhe und Strümpfe aus und stiegen ins Wasser unter der Brücke. Dort gruben wir ein Loch in den Bachboden, legten den Adler hinein und bedeckten ihn mit schweren Bachkieseln. Dann schworen wir, dass es für immer und ewig unser Geheimnis sein würde.

Daheim schlug ich im Lexikon meines Vaters nach. Es hatte sich natürlich nicht um einen Adler gehandelt, sondern um einen Bussard. Deswegen habe ich mich aber nicht weniger geschämt.

12. September 2024

Die getrübte Stimmung mühte sich nur zäh ans rettende Ufer. Endlich war es Peter selber, der die peinliche Befangenheit aufzulösen vermochte. Mit sicherem Griff angelte er eine Fotografie im DIN-A5-Format aus dem Wust, der nachlässig zusammengeschoben auf dem Tisch lag. „Hier sind wir alle drauf", sagte er beinahe triumphierend und schob Pit das Bild zur Ansicht hin. „Die Mattenwegbande. Die Aufnahme entstand 1961 im Hof der neuen Volksschule. Alle Schüler von der ersten bis einschließlich achter Klasse."

Er erhob sich und baute sich hinter Pit auf. „Da rechts, die Frau mit dem Dutt, das war unsere Lehrerin Fräulein Hägele. Alle Jungs der Schule, ich inklusive, waren schwer verliebt in sie. Und dann schau, die erste Reihe knieend – das ist Susi, das ist Markus, und daneben Hilde mit Priska. Der da vorne in der Lederhose – das bin ich. Zweite Reihe: meine Schwester, Gottfried, Gerd, Rosi und Frieder." Peter suchte weiter. „Der Kleine ist Hilmar, und hinter meiner Schwester steht Dagmar. Krischan ist da noch nicht mit drauf, und Jean-François und Monique gingen ja in Strasbourg zur Schule."

Pit nestelte seine Lesebrille aus der Hemdtasche und schob sie auf die Nase. „Jetzt lass` mich mal sehen, ob ich unter den Gesichtern das von Edgar Schaaf entdecke." Er fuhr die Reihen mit dem Zeigefinger ab. „Der da? Ist das Edgar Schaaf?"

„Exakt", antwortete Peter.

„Ha, das ist ja super. Darf ich das Bild abfotografieren? Das reib´ ich dem Kriminalhauptkommissar a. D. unter die Nase", frohlockte Pit.

„Wenn er es nicht selber besitzt", meinte Peter. „Ich meine, sowas hat doch jeder daheim."

„Ich nicht", bekannte Pit freimütig und zückte im Handumdrehen das Handy.

„Ach so, ich vergaß. Du hast ja gar keine Schule besucht", ätzte Peter.

„Das habe ich gehört, alter Freund. Du darfst davon ausgehen, dass du im nächsten Krimi mit deiner eventuellen Beteiligung nicht so gut wegkommst."

Sommer 1963

Es war so weit. Die Arbeiten zum Anbau eines zusätzlichen Zimmers, sowie eines Badezimmers und einer Waschküche, begannen mit dem Abriss einer Hälfte des Schopfes. Der Hälfte, die unterhalb des Küchenfensters lag. Das bedeutete für die Hühner, dass sie in ein Provisorium umziehen mussten. Der Schweinestall war vom Abriss nicht betroffen, doch war es beschlossene Sache, dass in diesem Jahr zum letzten Mal geschlachtet werden sollte. Opas Hasenställe wurden einfach von der einen auf die andere Seite umgesetzt.

Es war eine ziemlich staubige Angelegenheit. Die Männer trugen als Atemschutz Taschentücher vor den Nasen. Opa fungierte als Verwalter der abgerissenen Holzteile, wie Balken und Bretter. Was unter Umständen wiederverwendbar war, stapelte er an einem vorbereiteten Platz neben dem Haus. Er dachte dabei an die eine oder andere Mark, falls er unter seinen Bauernfreunden Abnehmer dafür fand. Die wertlosen Bretter zersägte er von Hand zu Brennholz, nicht jedoch ohne vorher die Nägel zu entfernen. Wobei er die Nägel nicht einfach fortwarf. Nein, er klopfte sie Stück für Stück auf einem Amboss grade und sortierte sie nach Größe in sonst unbrauchbare Einweckgläser, die er für solche Zwecke aufgehoben hatte.

Dachziegel, die noch intakt waren, wurden entlang der Hauswand gestapelt. Für sie galt das gleiche wie für das wiederverwendbare Holz. Vielleicht zeigte irgendwer Interesse dafür. Opa würde unter seinen Stammtischbrüdern Reklame betreiben.

Das Ausheben der Baugrube war die härteste Arbeit. Tagelang wurde nichts anderes getan, als mit Spitzhacken und Schaufeln zuerst den Humus, dann den Lehmboden abzutragen. Das einzige technische Hilfsmittel war ein elektrisch betriebenes Förderband, das den Dreck zu zwei getrennten Haufen transportierte.

Mama war sich nicht zu schade, bei dieser Arbeit zu helfen. Nach einem Vorfall jedoch erteilte ihr Vater ein Aufenthaltsverbot in der Baugrube. Das Starkstromkabel für das Förderband war aus unerfindlichem Grund gerissen. Die blanken Kupferdrähte ragten aus der Gummiisolierung heraus. Mama nahm das lose Ende in die Hand und besah sich den Schaden. Vater, als er dies bemerkte, ließ einen fürchterlichen Schrei los. Er sprang zu ihr hin, entriss das Kabel aus ihrer Hand und schimpfte brüllend mit ihr, bis Mama heulend davonlief. Vater hinterher. Man hörte sein Gebrüll um die Hausecke herum.

Irgendwie hatte er recht. Hätte Mama einen der blanken Drähte berührt, wäre sie tot gewesen. Da konnte man schon mal aus der Haut fahren. Aber dass er gleich so brüllen musste?

Endlich war die Grube tief genug. Die Maurer begannen, die Bodenplatte zu betonieren, und als diese ausgetrocknet und betretbar war, die ersten Mauersteine zu setzen.

*

Oma hinderten die Bauarbeiten nicht daran, mich für ihre Zwecke einzuspannen. Außer Opa beim Bretter entnageln zu helfen konnte ich sowieso nicht viel tun.

Unser Haus wurde ausschließlich mit Holz beheizt. Dafür sorgten die jährlich vier Ster Buchenholz, die Opa als Bürger der Gemeinde aus dem Gemeindewald ersteigern durfte. Es nahm mehrere Wochen in Anspruch, bis die Menge gesägt, gespalten, getrocknet und untergebracht war. Zwei Ster für meine Eltern auf dem Speicher, zwei Ster für Oma und Opa unter dem Schrägdach des Schopfes.

Das Holz wurde nur bei schönem Wetter ins Haus versorgt. Entsprechend stickig war die Luft unter dem unisolierten Dach auf dem Speicher, wo die Scheite ordentlich in die Dachschräge gesetzt wurden. Was für kleine Leute einfacher zu handhaben war als für große. Also für meine Schwester und mich.

Das Holz wurde in Körben über eine Seilrolle am Dachfirst nach oben gezogen und am Fenster abgenommen. Ein geleerter Korb sauste dann am Haken wieder nach unten, um wieder gefüllt zu werden.

Zündwürfel, um das Holz im Herd oder im Ofen anzuzünden, kannten wir nicht. Bei uns kamen Zeitungspapier und Tannenreisig zum Einsatz. Dieses Tannenreisig zu besorgen, war ich mit Oma unterwegs in den Wald. Von ihren unzähligen Waldbegehungen wusste sie, wo es zu holen war.

Mit der Holzhaue schlug Oma die dürren Äste nahe am Stamm ab. Ich las sie vom Boden auf und schleppte sie aus dem Wald hinaus auf den Weg. Oma schnürte dann aus den Haufen etwa gleichgroße Bündel. Sie machte das nicht zum ersten Mal. Ich sah es, wie geschickt sie mit den Schnüren umzugehen verstand.

Auf den Leiterwagen passten acht dicke Bündel, die zum Schluss vom vorderen zum hinteren Holm mit einem dicken Strick gegen Verrutschen gebunden wurden. Einmal gerüttelt – Abmarsch.

Auf dem Rückweg bummelte Oma. Sie guckte hier, guckte da, und ich wartete jeweils, bis sie weiterging und mir folgte. Dann sagte sie:

„Brauchst nicht immer zu warten. Geh´ voraus, du kennst ja den Weg."

Das machte ich. Ich ging voraus.

Den Leiterwagen alleine über den unbefestigten Waldweg zu ziehen war anstrengend. Doch ich wusste, dass bald eine asphaltierte Strecke kommen würde. Nicht nur asphaltiert, sondern auch abfallend. Blitzidee: Ich klemmte mich unter den vorderen Holm, nahm die Deichsel zwischen die Beine und ließ den Wagen rollen.

Herrlich, wie leicht das ging. Die Eisenräder sangen auf dem Asphalt. Kribbelig wurde es ein bisschen in den Kurven. Da schlingerte der Wagen wie ein Auto mit Glatzkopfreifen auf Schnee.

Und dann wurde es ein wenig schneller, und bald konnte ich das Tempo nicht mehr kontrollieren. Schneller der Wagen und enger die Kurven.

Kam mir ein Traktor entgegen. So ein Mist.

Unter den Eisenrädern sprühten glühende Funken davon, als ich die Deichsel so weit nach rechts drückte wie möglich. Und dann, dann …

Dann rauschte ich in eine Hainbuche, die am Wegesrand stand. Wäre sie nicht gewesen, wäre ich ein paar Meter tiefer im Gestrüpp gelandet.

Weniger zerkratzt als befürchtet kletterte ich unter meinem Sitz hervor. Den Leiterwagen, so krumm und schräg wie er an der Hainbuche hing, würde ich im Leben nie alleine auf die Straße gezogen kriegen. Oma würde mir die Leviten lesen und die Ohren langziehen.

Doch da war der Traktorfahrer. Der hatte meinen Abflug ja gesehen. Er erkundigte sich, ob bei mir alles in Ordnung sei. Und dann half er mir, den beladenen Leiterwagen auf die Straße zu stellen.

Da ich wusste, was sich gehört, bedankte ich mich bei ihm und äußerte noch eine Bitte: *„Wenn Sie weiterfahren und meiner Oma begegnen – dann sagen Sie ihr bitte nichts von dem Unfall."*

Allem Anschein nach muss er meiner Bitte gefolgt sein, denn Oma hat nie dergleichen getan, als hätte sie es erfahren.

*

Die Mauern wuchsen rasch in die Höhe. Reihe für Reihe Hohlblock. Die Betonmischmaschine lief ununterbrochen. Beim Versuch, einen der mit Mörtel gefüllten Eimer zu heben, scheiterte ich kläglich. Dafür durfte ich dem Maurer die Hohlblocksteine auf das Arbeitsgerüst wuchten, damit er nicht ständig runter- und wieder hochsteigen musste.

Der andere Maurer, ein Lehrling, zog gleichzeitig eine Zwischenwand hoch, die zum einen als Stütze für die später zu verlegende Decke, aber auch als Raumteiler vorgesehen war. Diese Wand bestand nicht aus Hohlblocks, sondern aus massiven gepressten Granulatbetonsteinen. Kleiner als die Hohlblocks, aber genauso schwer. Ich wusste ein Lied davon zu singen, weil mir einer davon auf den Fuß gefallen war. Nicht dramatisch. Nur etwas Blut und später ein blauer Fleck.

*

Eine Woche vor den Sommerferien bekam Oma Besuch. Ein Ehepaar mit Tochter von der Schwäbischen Alb. Echte Schwaben. Woher Oma und die Leute sich kannten, habe ich nie erfahren. Das Paar war etwas jünger als Oma, die Tochter so um die fünfundzwanzig. Sie hieß Mona.

Das war beileibe kein coronawürdiges Ereignis, doch für mich sagte es sehr viel aus.

Denn das Verhalten meines Vaters war für mich sehr befremdlich.

Er schäkerte mit dieser Mona unverblümt auf der Haustreppe herum. Sie auf seinem Schoß, die Arme um Vaters Nacken, und er Süßholz raspelnd wie ein verliebter Marienkäfer. Es schien ihn überhaupt nicht zu genieren, dass ich Zeuge dieser Szene wurde.

Dementsprechend war ich verwirrt, denn eigentlich wäre der Platz auf Vaters Schenkeln Mamas Platz gewesen. Aber so wie Mona und Vater miteinander turtelten, hatte ich ihn mit Mama noch nie erlebt. Ja, ich war schockiert, denn für mein Empfinden gehörte sich das nicht.

Wo sich Mama zu diesem Zeitpunkt aufhielt, wusste ich nicht. Aber dass sich die beiden Familien beim Abschied zu einem Gegenbesuch verabredeten, hatte ich noch mitgekriegt.

*

Wieder große Ferien, und wir befanden uns bereits in der fünften Woche.

Ab September würde ich die Realschule in Rotsandern besuchen. Zusammen mit Edgar Schaaf aus der Volksschulklasse.

Zum zehnten Geburtstag und wegen des weiten Schulwegs hatte ich ein Fahrrad geschenkt bekommen. Flaschengrün. Eigentlich war es nicht wegen der Entfernung, sondern wegen der schweren Schultasche. Mit einem Fahrrad war es viel leichter.

Edgar hatte ebenfalls ein neues Rad. Mit Gangschaltung. Was nicht die schlechteste Idee war, denn nach Rotsandern musste man über den Berg. Mein Fahrrad war die schlanke Version ohne jeden Schnickschnack. Man konnte auch sagen: die billige Version.

Konrads Haus war bezugsfertig. Mittlerweile war er Vater eines Mädchens geworden und mit Frau und Kind in das Erdgeschoss des neuen Hauses gezogen. Den ersten Stock bewohnten Konrads Schwiegereltern mit ihrem Sohn Christian, der allerdings Krischan genannt werden wollte. Dieser war im gleichen Alter wie Gottfried, Frieder und Gerd und wurde, unter Rauchens der Friedenspfeife, in unseren Stamm der Mattenweg-Apachen aufgenommen. Mit seinem dunklen Teint sah er von uns allen noch am ehesten einem Indianer ähnlich. Da die Rolle Winnetous schon besetzt war, bediente er sich eines Helden des Schriftstellers *James Fenimore Cooper*, von dem wir Mattenwegler bis dahin noch nie etwas gehört hatten: *Chingachgook*. Doch das würde sich ändern.

Weil Krischan, der Neue, sich bei uns noch nicht auskannte, stellten wir ihm unser Revier bei einem ausgedehnten Streifzug vor. Er zeigte sich beeindruckt, fand aber, dass *Squaws* auf Streifzügen nichts zu suchen hätten. Er meinte damit Cornelia und Susi. Da geriet er bei Cornelia aber an die Falsche. Sie nahm ihn kurzerhand in den Schwitzkasten und verlangte eine Korrektur seiner Meinung. *„Entweder Susi und ich sind mit dabei, oder du bist draußen, kapiert?"*

Da er einsah, dass es aus ihrem Griff kein Entkommen gab, stimmte er zu. Dann jedoch machte Cornelia eine unerwartete Kehrtwende: *„Wisst ihr was? Macht ihr eure Indianerspiele alleine weiter. Ich fühle mich dafür zu alt."* Sprach's, und ließ uns am oberen Waldrand des Kastanienwäldchens zurück.

Dort, am Waldrand, hatte der Baslerbauer frische Rebstecken pyramidenförmig um einen Kastanienstamm aufgebaut. Der Baslerbauer war Besitzer des Wäldchens und ihm gehörten auch die angrenzenden Weinreben.

Mit ein paar Handgriffen schufen wir aus der Pyramide einen zeltartigen Unterschlupf, in den wir alle hineinpassten. Ideal, dass er so nah bei den Rebstöcken stand. Denn wir verfolgten mit eigennützigem Interesse den Reifeprozess der Trauben. Nun schienen sie vom tiefen Dunkelblau her erntereif zu sein, und wir sprangen im Verbund in die Reihen zwischen den Rebstöcken hinein und pflückten jeder zwei Handvoll Trauben. Zweifel, ob die weißen Flecken auf den Beeren von Spritzgift herrührten, hatten wir nicht. Zurück in unserem Versteck fraßen wir die prallen Beeren direkt von den Stielen, bis nur noch der Butzen übrig blieb. Und dann ging's erneut in die Rebgasse, um Nachschub zu holen. Welch ein Schlaraffenland, und welch ein Fehler, nicht wie gewohnt einen Wachposten aufzustellen.

Plötzlich entstand ein Tumult zwischen den Rebstöcken. Berthold, der etwas kleinwüchsige Knecht des Baslerbauern, war unversehens aufgetaucht. Eigentlich ein umgänglicher Kerl, hatte er uns beim Diebstahl oder Mundraub erwischt und war entsprechend in Rage. Sein Körper war in vielerlei Hinsicht verwachsen. Am auffälligsten war das gekrümmte Rückgrat, doch wie man im Dorf redete, verfügte er über Bärenkräfte.

Krischan, Berthold am nächsten, entkam ihm nur um Haaresbreite. Und dann ging sie los, die Hatz. Wir natürlich fluchtartig in den Wald hinein und den Berg hinunter. Wir waren wieselflink. Doch der Jäger war nicht viel langsamer und sprang uns mit zum Fang ausgebreiteten Armen hinterher. Erst als wir den einen unserer Steinbrüche hinter uns gelassen hatten, war unser Vorsprung groß genug. Aber wir rannten weiter bis zum unteren Waldrand. Dort stoppten wir und schauten zurück. Berthold stand oben am Steinbruch und drohte uns mit der Faust.

Seither, wenn wir ihm begegneten, zum Beispiel beim sonntäglichen Kirchgang, wechselten wir respektvoll die Straßenseite.

*

Ein Sommergewitter hatte unseren Bach anschwellen lassen. Es war nicht eine der frühjährlichen breiten Überschwemmungen, sondern eine kurzfristig entstandene Sturzflut, die allerhand Treibgut mitführte. Nicht lange her, dass bei ähnlichen Verhältnissen ein Mann ums Leben gekommen war, weil er sein Kind hatte retten wollen, das im Bach spielte. Das Kind war am Leben geblieben. Doch er war, man wusste es nicht genau, von den Wassermassen mitgerissen worden.

Daran musste ich denken, als ich, am Wehr bei der Küferei stehend, das Schauspiel des Sturzbaches beobachtete. Wie fast immer, wenn ich vom Einkaufen in Hedwigs Dorfladen kam, legte ich dort eine kurze Rast ein. Es gab eigentlich immer etwas zu sehen, wie Enten oder Forellen.

Normalerweise war das Wehr bei geringem Zulauf geschlossen und der Bach bildete dahinter einen kleinen Stau. Heute aber war es mit der Handkurbel hochgezogen. Wasser und Treibgut pressten sich in einem kräftigen

Schwall durch den Ablauf. Dort wo der Schwall in den Gumpen darunter strömte und eine sogenannte Walze bildete, erregte ein Gegenstand meine Aufmerksamkeit.

Zuerst nur flüchtig wahrgenommen, blieben meine Blicke förmlich auf dem Gegenstand kleben. Denn was ich dort in der Walze sah, konnte und durfte eigentlich gar nicht sein. Aber da ich bereits einen Düsenjäger und einen Kolibri gesehen hatte, deren Existenz man mir nicht hatte abnehmen wollen, warum sollte es dann nicht auch ein Stein sein, der im Wasser schwamm?

Denn das war es. Ein schwimmender Stein. Und nicht irgendeiner, sondern genau so einer, wie er mir erst kürzlich auf den Fuß geplumpst war. Daneben tanzte noch ein zweites, etwas kleineres Exemplar. Mauersteine aus gepresstem Betongranulat. Farbe und Form, alles passte. Ich schwör's.

Ich blieb eine ganze Weile beim Wehr stehen, wo die Steine wie Korken auf dem Wasser tanzten, auf und ab, untergingen und wieder auftauchten. Überlegungen, einen der Steine zu bergen, schob ich beiseite. Falls ich ausrutschen und ins Wasser fallen würde, wär's um mich geschehen. So blöd war ich nicht.

Ich wette, von den anderen Mattenweg-Apachen hatte noch nie einer einen schwimmenden Stein gesehen. Also war mal wieder ich der Begünstigte, dem ein solches Wunder geschenkt wurde. Bei dieser Erkenntnis spürte ich augenblicklich eine große Last auf meinen schmalen Schultern. Denn wie sollte ich mit meinem Wissen umgehen? Beziehungsweise: Wie konnte ich es glaubhaft machen, ohne das Beweisstück präsentieren zu können?

Ich schloss die Augen, um die Bilder zu betrachten, die in meinem Kopf entstanden. Ich sah Häuser in einem See, gebaut aus schwimmenden Steinen. Ganze Städte im Meer. Gebäude in Überschwemmungsgebieten, die nicht mehr in den Fluten untergingen, sondern mit dem Wasserspiegel stiegen, wie Schiffe. Man könnte sie mit mächtigen Ankern vor dem Wegschwimmen sichern. Ich fragte mich, ob meine Visionen genug Potenzial in sich bargen, um damit in Zukunft ein berühmter Architekt zu werden?

Während meiner Grübeleien hatte ich für einen Moment nicht auf den Mahlstrom des Wassers geachtet. Auf jeden Fall waren die beiden Steine, meine Steine, plötzlich nicht mehr da. Waren sie untergegangen, wie es im Grunde die Bestimmung eines Steines ist? Oder waren sie bachabwärts geschwommen? Meine Augen suchten den Bachlauf ab. Dann setzte ich mich in Trab und lief so weit neben dem Bach her, bis

ich die Straßenbrücke nach Rotsandern erreichte. Die Steine waren verschwunden.

Dieses Wunder bedrückte mich. Den Rest des
Tages tappte ich wie ein Schlafwandler umher.
  Als Mama mich fragte, was los sei, zuckte ich
bloß mit den Schultern. Ich bemerkte zwar ihre
traurigen Augen, doch konnte ich ihr nichts
sagen. Es ging nicht. Vielleicht würde ich sie mit
ins Verderben reißen, wenn sie von meinem
Geheimnis erführe und es abends Vater erzählen
würde. Düsenjäger, Kolibri – und nun schwimmende Steine – nein, ein drittes Mal ließ ich
mich nicht einen Dummkopf heißen. So hütete
ich mich, jemandem anderen davon zu erzählen.
Zum ersten Mal dachte ich, dass ich vielleicht
Dinge sehen konnte, die andere nicht sahen und
ihnen verborgen blieben. Und tief in meinem
Inneren fühlte ich, dass ich nicht mehr der
Gleiche war wie vorher.

*

Vater hatte es nicht erfahren. Er hatte mich
misstrauisch gemustert, aber nichts gesagt. Er
hatte auch genug um die Ohren, denn er würde
am letzten Ferienwochenende mit Mama zu
Bekannten auf die Schwäbische Alb fahren.

Samstag hin, Sonntag zurück. Da gab es einiges vorzubereiten und zu packen. Vielleicht freute er sich auf eine gewisse Mona.

Cornelia und ich blieben daheim bei Oma und Opa.

Meine Schwester hatte angekündigt, Pommes-Frites zu machen. Pommes-Frites, sonst nichts.

Als ich aus der Kirche nach Hause kam, war Cornelia eifrig beim Kartoffelschneiden. Auf dem Herd, neuerdings ein E-Herd, stand die Fritteuse mit flüssigem Fett. Das Fett räuchelte leicht. Ich hockte auf dem Sofa und schaute ihr zu. Sie war gut gelaunt.

Auf einmal machte es *Wupp*, und die Fritteuse stand in Flammen.

Oh Gott, was tun?

„Nimm Wasser!", sagte ich in Panik.

Cornelia ging zum Wasserhahn und füllte eine Kanne mit Leitungswasser.

Ein kleiner Schupf Wasser in die Fritteuse genügte – und das Fett explodierte bis zur Decke.

Cornelia schrie vor Entsetzen auf.

Ich raste hinunter zu Oma. ***„Oma, Oma, die Küche brennt!!"***

Sie benötigte eine Sekunde um zu begreifen was getan werden musste. Im Nu hatte sie einen Jutesack zur Hand, tränkte ihn mit Wasser und stürmte die Treppe hoch in die brennende Küche. Geistesgegenwärtig warf sie den nassen Sack über die Fritteuse und erstickte somit die Flammen. Dann nahm sie die Fritteuse an beiden Henkeln und trug sie hinaus auf den Balkon. Gerettet.

Cornelia war durch die Explosion wie durch ein Wunder körperlich unversehrt geblieben, doch sie stand unter Schock und zitterte am ganzen Körper. Aber wie sah die Küche aus. Die Decke kohlrabenschwarz. Nylonanoraks, die an einem Haken an der Tür hingen, waren geschmolzen. Der Lack an den beiden Türen schlug Blasen. Die Möbel alle rußverschmiert.

Und ich war schuld. *„Nimm Wasser!"*, hatte ich gesagt. Ich, der Nichtwisser unter den Allesbesserwissern.

Die Warterei auf die Heimkehr der Eltern begann. Die Wartezeit war unerträglich. Die Angst war unerträglich. Ich rechnete mit der absoluten Höchststrafe. Dresche mit dem Teppichklopfer und anschließender Verbannung in den Schweinestall. Das alles wäre vielleicht noch zu ertragen gewesen. Aber nicht Vaters Gebrüll.

Dann waren sie da. Oma ging ihnen vorsorglich entgegen. Was sie den Eltern sagte, haben wir nie erfahren, aber die Hiebe und der

Schweinestall und das Gebrüll blieben aus. Cornelia und ich heulten trotzdem.

Natürlich drückten sie ihr Entsetzen aus. Stellten sich vor, was alles hätte passieren können. Das ganze Haus abgebrannt. Keine Wohnung mehr. Alles verloren. Gott im Himmel.

Ja, und bevor sie glücklich darüber waren, dass **uns** nichts geschehen war, kamen sie dann doch hervorgekrochen. Die Vorwürfe. *Muss man doch wissen, dass man kein Wasser in heißes Fett gießt.*

Meine Schwester hat mir ihrerseits nie die Schuld gegeben. Mit keinem Wort.

12. September 2024

Pit verspürte auf einmal eine bodenschwere Müdigkeit. Er schielte verstohlen auf die Armbanduhr. Kein Wunder. Normalerweise hielt er um diese Zeit den gewohnten Nachmittagsschlaf. Ein Blick zu Eliza. Auch sie schien mit den Wellen zu kämpfen, hielt sich aber tapfer aufrecht. Er nahm sich vor, in etwa einer Stunde die Heimfahrt anzustreben.

Aber auch Peter wirkte erschöpft. *Erschöpft und ausgebrannt*, dachte Pit und fragte sich, mit welchen Dämonen Peter gerade zu kämpfen hatte. Oder irrte er sich? Immerhin hatte der Freund heute aus freiem Willen von seiner Kindheit erzählt. Eine Kindheit, die seiner eigenen nicht vollkommen unähnlich war. Auch er war zur gleichen Zeit in bescheidenen Verhältnissen aufgewachsen. Nur war Pits Vater weder ein Despot noch cholerisch gewesen. *War das Zufall oder ein Glück?*

Ein leises Lächeln verzauberte Pits Gesicht, nicht länger als ein Wimpernschlag, doch in ihm lag eine ehrlich Freude. Dass er, Peter, am Ende aller Torturen seine Beni gefunden hatte. Die Frau, die ihm die Balance im Leben zurückgab. Die ihm Gleichheit in Wert und Bedeutung vermittelte, ohne ihn zu überfordern und selbst nichts zu verlieren. Eine starke Frau in einem schmächtigen Körper. Aber die Kraft lag nicht in ihrer Physis, sondern in ihrer Sicherheit und Ruhe.

Pit, in Gedanken abgeschweift, hatte den scharfen Fokus auf Peters Gesicht verloren. Es stellte sich ihm wie ein im Fernsehen grob verpixeltes Bild dar. Doch meinte er zu erkennen, dass sich Peters Lippen bewegten, und gleichzeitig vernahm er unverständliche Silben.

„ .o .eit ..nd wir ge.omm.., .e..t .ann ...dir ..ch ..n .est ...ählen.“

Redet da einer mit mir? Pit erwachte aus der Versunkenheit. „Was?“, fragte er und bemerkte Peters Blick, der ihn fixierte. „Was, Peter? Hast du etwas gesagt?“

„Allerdings. Ich sagte: So weit sind wir gekommen, jetzt kann ich dir auch den Rest erzählen.“

„Ach so. Welchen Rest?“

Peters Augen suchten nach Beni, als müsste er sich vor ihr in Schutz nehmen. Dann raunte er verschwörerisch: „Komm´ mit, ich will dir etwas zeigen."

Herbst 1963

Einmal im Jahr kam unsere andere Oma zu Besuch. Die Oma mütterlicherseits.

Dann lagen wir ihr sofort mit unseren Wünschen in den Ohren. Dampfnudeln, Scherben, Riebele und Kartäuserklöße. Leibspeisen allererster Güte, die wir nur von ihr bekamen.

Sie wohnte mit ihrem Mann, dem anderen Opa, in Malsch in der Nähe von Rastatt. Jener Opa war ein steifer Mensch und wenig zugänglich. Wir sahen ihn nur dann, wenn wir **ihn** besuchten.

Die andere Oma war das genaue Gegenteil zu der hiesigen Oma. Sie war sanft und eine herzensgute Frau. Eine Oma, wie man sie sich wünschte. Sogar Vater kehrte während ihrer Anwesenheit seine guten Seiten hervor.

Meistens blieb sie eine Woche. Danach wogen wir alle mindestens zwei Kilo mehr.

*

Ich hörte die Sau vor Angst quieken, als ich noch im Bett lag. Die letzte Schlachtung im Hause Seibelt stand an. Als ich den Schulranzen auf das Fahrrad schnallte, um zur Schule zu fahren, lag das arme Tier bereits tot auf einer Leiter über der Bütte und wurde rasiert. Mama rührte das Schweineblut im Eimer, damit es nicht gerann. Sie hatte mir mal gestanden, dass sie nichts mehr hasste, als Schweineblut zu rühren.

Realschule in Rotsandern. Fünfte Klasse. Neue Kameraden. Wir waren vierzehn Mädchen und sieben Buben.

Anfänglich hatten wir zwei Weinbucher Kinder uns gegen die Übermacht der Rotsanderner zu wehren. Die üblichen Frotzeleien und Rivalitäten zwischen den Angehörigen benachbarter Orte. Wobei Rotsandern die weitaus höhere Einwohnerzahl als Weinbuch vorzuweisen hatte. Groß gegen klein, also. Aber das Interesse an solchen Scherzen erlahmte recht schnell, beziehungsweise mussten wir uns als jüngste Klasse gegen die Streiche der nächst höheren Klasse verteidigen. Das verbindet.

Mittags war die Schlachterei daheim noch in vollem Gang. Es roch intensiv nach Gewürzen wie Koriander, Muskat, Thymian und Majoran. Das Schwein war zerlegt, und in Omas Küche wurde gewurstelt. Schweinedärme gefüllt, abgebunden und gekocht; Weißblechdosen mit heißem Wurstbrei für Schwarz- und Leberwurst per Maschine geschlossen. Ganze Schweinehälften hingen zum Transport in die Räucherkammer bereit. Andere Teile wanderten in die Bütt im

Keller und wurden dort mit Salzlake konserviert. Schälrippchen, Haxen und Eisbeine in Weckgläser gestopft und zum Sterilisieren vorbereitet. Die Ohren nahm der Metzger für seine Hunde mit. Außer den Augen, den Zähnen und den Klauen blieb fast nichts von der Sau übrig.

In der Regel zerplatzten einige Därme beim Kochen der Würste. Die Wurstbrühe wurde jedoch nicht weggeschüttet. Sie ergab eine nahrhafte Suppe, und es war Brauch, die Kinder der Nachbarschaft zum Wurstelsuppe-Essen einzuladen. Meistens kam jedoch keiner, denn die Wurstelsuppe war nicht jedermanns Geschmack. In dem Fall hatte man Pech, denn dann musste man die Suppe selber auslöffeln, was einem nach wenigen Tagen zum Halse heraushing.

12. September 2024

Sie stiegen, Peter voraus, zwei Treppen zum Dachboden hinauf. Die erste Hälfte nahe der Bodenluke enthielt allerhand Kartons verschiedener Größen. Die zweite Hälfte dagegen war relativ ansehnlich ausgebaut. Lackierte Sperrholzplatten zwischen den Dachsparren verdeckten das dahinter angebrachte Isoliermaterial.

Im Zentrum des Raumes aber stand eine Modelleisenbahnanlage. Pit schätzte die Maße auf drei Meter Länge und ein Meter fünfzig Breite.

Peters Lächeln wirkte beinahe entschuldigend, als er sagte: „Ich hab´ wieder damit angefangen. Die Eisenbahn stand viele Jahre unbenutzt hier oben herum. Jetzt läuft sie wieder. Analog. Mit digitaler Technik kenne ich mich nicht aus."

Pit umrundete die Anlage mit offenem Mund. Dargestellt war eine Szene aus dem Kanadischen Westen, vermutlich der *Canadian Pacific Railway* auf dem Weg durch die *Rocky Mountains*. Wunderschön der Schienenstrang entlang eines Flusses, gesäumt von unzähligen Bäumen in wildromantischer Landschaft. Peter setzte einen Zug in Bewegung, der sich wie ein Lindwurm durch die vielen Kurven schlängelte. Pit war begeistert.

„Das hier ist nur der Grund, um dich von den Damen wegzulocken", sagte Peter. „Ich will dir etwas sagen, über das ich noch nie mit jemand anderem gesprochen habe. Auch mit Beni nicht.

Ich hab´ dir vorhin das Foto von der neuen Schule gezeigt. Die Schüler. Es geht um Gottfried und um mich. Gottfried, du erinnerst? Aus unserer Mattenwegbande?

Es war im Jahr 1964. Gottfried lockte mich unter dem Vorwand, mir etwas zeigen zu wollen, in die Scheune seines Elternhauses. Ich dachte mir nichts dabei. Wir kannten uns ja schon seit wir laufen konnten.

In der Scheune, oder Schopf, wie wir sagen, gab es einen Verschlag. Ein Stall oder sowas. Düsteres Licht. Stroh auf dem Boden. Dorthin gingen wir. Als wir in dem Verschlag waren, zog er seine Hose runter und verlangte, dass ich seinen Pimmel halten soll.

Ich war völlig ahnungslos und kapierte nicht, was ich sollte. Da nahm er mein

Handgelenk und zog meine Hand zu seinem Pimmel. Jetzt verstand ich. Sobald ich ihn in der Hand hatte, wurde sein Ding steif und hart wie eine Gurke. Gottfried begann mächtig zu schnaufen und zu stöhnen. Und dann spürte ich Schleim an meiner Hand – und ließ ihn los.

Erst später wurde mir klar, dass er eine Ejakulation gehabt hatte.

Gottfried zog die Hose hoch und ein Taschenmesser aus der Hosentasche, öffnete die Klinge, hielt sie mir an den Hals und drohte: *Wenn du irgendjemandem davon erzählst, bringe ich dich um.*

Dann warf er mir einen Lappen hin und sagte: *Putz dir die Hände ab.* Danach ging ich wie betäubt nach draußen."

Pit hatte ohne ihn zu unterbrechen zugehört. „Du hast nie mit jemandem darüber gesprochen? Mit den Eltern? Mit anderen Jungs aus eurer Bande? Mit den Mädchen?"

Peter schüttelte den Kopf. „Ich hatte seine Drohung ernst genommen und – ich hatte mich geschämt. Aber was mich bis heute am meisten beunruhigt ist die Frage, ob er das auch mit anderen Kindern aus unserer Bande gemacht hat? Oder überhaupt mit anderen Leuten, auch als er älter und erwachsen wurde. Ob ich all die Jahre einen Sexualstraftäter gedeckt habe? Denn ich kann mir nicht vorstellen, dass ich ein Einzelfall geblieben bin. Verstehst du, Pit, was ich damit sagen will?"

„Ja natürlich verstehe ich das", antwortete Pit. „Dass dieser Gottfried, so er denn noch lebt, eine unentdeckte Karriere als Sexmonster hinter sich hat. Hat er sich noch ein weiteres Mal an dich rangemacht?"

Peter atmete schwer. „Nein, das hat er nicht. Was rätst du mir als Kriminalschriftsteller zu tun? Ich meine, solche Fälle wie meiner sind doch bestimmt längst verjährt?"

„Hm, wenn er nicht noch einen Mord begangen hat …? Wenn du erlaubst, würde ich gerne mit Edgar Schaaf darüber reden. Weißt du zufällig, wo Gottfried jetzt lebt?"

„Wenn mich nicht alles täuscht, wohnt er in Müllheim", erwiderte Peter.

„Und sein Nachname?"

„Brändle."

„Ich frag´ Edgar."

Sommer 1964

Wir sprachen uns nie ab, Edgar Schaaf und ich, dass wir morgens gemeinsam zur Schule fahren wollten. Entweder es ergab sich zufällig so, oder eben nicht. Wir warteten nicht aufeinander, zum Beispiel an der Ecke der Raiffeisengenossenschaft oder auf der Brücke über den Bach.

An diesem Morgen allerdings passte es. Wir radelten gemeinsam Richtung Schule.

Oben auf dem Berg, wo die Straße wieder flach wurde und es langsam bergab ging, machten wir Blödsinn. Radfahren mit überkreuzten Armen. Also linke Hand am rechten Lenkergriff, rechte Hand am linken.

Edgar merkte ziemlich bald, dass das nicht gut funktionierte und brach die idiotische Herausforderung ab. Ich wollte natürlich beweisen, dass ich es konnte.

Lag in einer leichten Linkskurve ein Brennnesselfeld am Straßenrand. Ich, Arme überkreuz, radelte voll hinein – und kippte mittendrin um, Fahrrad auf mir drauf. Kurze Lederhose, kurzärmliges Hemd, kroch ich unter dem Fahrrad hervor und machte ausgiebige und schmerzhafte Bekanntschaft mit den Nesseln. Jeder Quadratzentimeter meiner Haut brannte wie Feuer und bildete die typischen Quaddeln aus. Ich sah aus wie ein mit einer tropischen

Seuche Befallener. Und Edgar kriegte sich vor Lachen überhaupt nicht mehr ein.

*

Der Umbau unseres Hauses war abgeschlossen. Wir besaßen nun ein richtiges Badezimmer mit Badewanne und Klo mit Wasserspülung. Neu war auch die Waschküche, in der ein riesiger beheizbarer Kupferkessel stand, in dem die Wäsche gewaschen wurde. Die größte Errungenschaft in meinen Augen aber war das Zimmer neben dem Bad und über der Waschküche. Ein Zimmer mit breitem Fenster und Linoleumboden. Mein zukünftiges Zimmer.

Es roch noch nach Gips und Dispersionsfarbe, aber das störte mich nicht. Gewöhnungsbedürftig jedoch war, dass ich in meinem neuen Reich allein war. Es fühlte sich sonderbar an und es dauerte, bis ich mich an diese Situation gewöhnt hatte und alle Geräusche, auf die ich nachts lauschte, zuordnen konnte. Und wichtig für mich war, dass die Tür zu diesem Zimmer von innen abschließbar war.

*

Ich war entdeckt worden. Von Herrn Grobian, unserem Musiklehrer. Entdeckt für den

Kinderchor, den er leitete. Ich und ein Mädchen aus meiner Klasse.

Die Proben fanden immer Dienstagnachmittag um drei Uhr statt. Vormittags lief der reguläre Schulbetrieb. Ich musste mich also mit den Hausaufgaben beeilen, damit ich wieder rechtzeitig zur Chorprobe in Rotsandern war.

Es machte Spaß zu singen. Doch, wirklich, aber es war umständlich für mich, zuerst nach Hause zu fahren, zu essen, Schulaufgaben zu erledigen und dann wieder aufs Rad zu steigen und … und außerdem war es freiwillig.

Einmal, an einem schönen Dienstag im Juni, war die Einladung Gerds zum Spielen verlockender gewesen als die Chorprobe. Er hatte einen runden Kunststoffbehälter der Länge nach in zwei Hälften geschnitten und die Idee, damit im Rebberg über feuchtes Gras zu rutschen. Jeder in einer Hälfte. Schlittenfahren ohne Schnee. Unsere schmalen Hintern passten perfekt in die halbrunde Form, und Gerd hatte eine Stelle in den Reben gefunden, wo auch sommers beständig Wasser aus der Erde an die Oberfläche trat. Es schlittelte sich wie auf Schmierseife.

Hätte ich so einer Versuchung widerstehen sollen?

Ich schwänzte die Chorprobe.

Am nächsten Morgen in der Schule sprach mich das Mädchen auf die Probe an. *„Du hast gefehlt. Warte nur, bis der Grobian dich erwischt. Der wird dir das Gesicht nach hinten dreh'n."*

Ein paar Worte nur, die mich sehr verunsicherten. Mehr als das. Die mir großen Kummer bereiteten. Die mich enorm unter Druck setzten und mir eine höllische Angst einflößten. *Warte nur, bis dich der Grobian erwischt. Warte nur, bis ...*

Ich machte zu und stellte den Betrieb ein.

Nächster Tag, halb acht Uhr morgens. Alles wie gehabt?

Nein, ich fuhr ein paar Minuten später mit meinem Fahrrad los als sonst. Ich trödelte herum. Es gab außer mir nur sieben weitere Schüler aus Weinbuch, die die Realschule in Rotsandern besuchten.

Ich wartete hinter dem Raiffeisenmarkt ab, bis sie alle über die Brücke am Bach gefahren waren. Dann zottelte auch ich los.

Zwischen Weinbuch und Rotsandern, etwa auf halbem Weg, lag auf der rechten Seite ein verlassenes Fabrikgebäude. Dort stieg ich vom Rad, versteckte es hinter einem Busch, und drang über einen Zaun in das Gebäude ein. In einer Ecke setzte ich mich hin und wartete. Wartete. Ich wartete, bis die Schule aus war und ich ungesehen mein Rad besteigen und nach Hause fahren konnte.

Das machte ich am nächsten Morgen genauso.

Und am Tag drauf; und am nächsten; am übernächsten; am überüber …

Ich schwänzte die Schule insgesamt zwei Wochen lang. Jeden Morgen aus dem Haus, jeden Mittag wieder zurück. Ich war nicht mehr ich, ich wurde von Angst getrieben und wusste mir nicht zu helfen.

Dass ich keine Hausaufgaben machte, merkte keiner. Mama arbeitete mittlerweile ganztags in einer Schuhfabrik in Weinbuch. Womit ich mir die Zeit in der alten Fabrikhalle vertrieb, waren Kritzeleien in eines meiner Schulhefte. Es war ein dickes Heft und ich hatte viel zu zeichnen.

Nach zwei Wochen, ich hielt mich gerade im Garten auf, kam abends einer der sieben weiteren Schüler und brachte einen Brief nach Hause. Er gab ihn nicht mir, sondern meinem Vater. Da wusste ich, was die Stunde geschlagen hatte.

Vater rief mich aus dem Garten zu sich. *„Hol' den Teppichklopfer!"*, befahl er mir.

Der Teppichklopfer, aus Korbweide geflochten, hing an einem Haken auf dem Balkon.

Während ich wie ein Roboter die Treppe nach oben stieg, dachte ich das zweite Mal in meinem

Leben an Flucht. *Hau ab*, flüsterte mir die Stimme ein. *Hau ab. Spring vom Balkon aufs Schopfdach und von dort in den Garten. Das ist nicht hoch. Du kannst rennen, du bist schnell, du bist zäh. Hau ab, durch die Nacht, über die Grenze nach Frankreich. Oder geh' zu den fahrenden Schaustellern. Die suchen immer junge Burschen wie dich. Aber sieh zu, dass du abhaust.*

Ich war viel zu feige. Ich griff den Teppichklopfer und trug ihn zu meinem Vater, der auf der Flurtreppe wartete. *„Zieh' die Lederhose aus!"*

Ich tat, was er befahl. Dann legte er mich übers Knie und verpasste mir **die** Prügel meines Lebens. Die Dresche nach der eingeworfenen Fensterscheibe sollten mir wie Streicheleinheiten vorkommen.

Er benutzte nicht den flachen Teil des Klopfers, sondern den in sich gedrehten Stiel. Da ich nicht weinte, dachte er wohl, ich verspürte keinen Schmerz – und drosch weiter auf mich ein, bis es auch ihm zu viel wurde und er mich zu Bett schickte. Es war eine Hinrichtung.

Am nächsten Morgen musste ich in Begleitung Mamas zur Schule. In meine Klasse. In kurzen Hosen, sodass jeder die roten Striemen der

Züchtigung auf meinen Schenkeln sehen konnte. Es war der Hinrichtung zweiter Teil.

Für lange Zeit war und blieb ich in der Klasse ein Niemand. Wenn ich wenigstens gemobbt worden wäre, dann hätte ich immer noch das Gefühl gehabt, wahrgenommen zu werden. Aber ich war Luft. Niemand.

Nur Edgar Schaaf redete ab und zu mit mir. Das Nötigste. Vielleicht, weil er wie ich aus Weinbuch kam. Eine Art Gemeinsamkeit.

Die Nacht zwischen den Hinrichtungen besiegelte das Ende meiner Träume und bedeutete den Abschied von der kindlichen Fantasie, dank derer es mir möglich gewesen war, in profanen Dingen kleine Wunder zu entdecken. Der entstandene Leerraum wurde mit farbloser Nüchternheit und kalter Realität gefüllt.

Wie ich danach existierte, weiß ich nicht mehr. An die Tage danach fehlt mir jede Erinnerung. Ich muss wahrscheinlich zu Hause und in der Schule gewesen sein. Ich musste irgendwie funktioniert haben. Nur wie, das blieb für mich ein Rätsel.

Zum Glück besaß ich meinen Teddybär, dem ich mein Herz öffnete. Ihm erzählte ich von dem Düsenjäger, dem Kolibri und von dem schwimmenden Stein. Bei ihm war ich wieder Kind und bei ihm waren meine kleinen Wunder gut aufgehoben. Er glaubte mir.

Irgendwann später, viele Monate und Jahre, konnte ich dann mit einiger Gelassenheit akzeptieren, dass mein Düsenjäger ein amerikanischer Straßenkreuzer gewesen war; mein Kolibri ein kleiner Schmetterling namens Taubenschwänzchen, und die schwimmenden Steine bloß Klumpen aus dreckigem Styropor.

12. September 2024

„He, Leute, wir müssen uns öfter treffen, und nicht erst wieder, wenn die Kachelofenlampe fertig ist", schlug Peter vor, der eine neue Leichtigkeit ausstrahlte. Auf Benis fragenden Blick reagierte Pit mit Schulterzucken.

„Nächstes Mal aber bei uns", fing Eliza den Ball auf. „Dann laden wir Melanie und Edgar dazu ein. Meinetwegen gleich in zwei Wochen. Na, wie wär´s?"

Sie waren noch zum Abendessen bei Peter und Beni geblieben. Brot, Butter, Wurst, Käse und Radieschen, ganz ohne irgendwelches Aufheben serviert.

Nun standen sie neben Pits Auto und trauten sich nicht so recht, einander in die Arme zu nehmen. Es war Beni, die den Bann brach und Pit herzlich umarmte, und nach dieser Demonstration konnten es auch die anderen ohne Umstände.

Pit hupte einmal kurz, als er den ersten Gang einlegte und sachte das Gaspedal drückte. Im Rückspiegel sah er, wie Peter seine Beni in die Arme nahm und küsste. *Ach, ist das schön*, dachte er und schaute wieder nach vorne.

Unter den Reifen des taubenblauen Citroën Typ H aus dem Jahr 1981 knirschte der Kies. Von der asphaltierten Straße bis zu Elizas und Pits Haus waren es nur wenige Meter. Die tiefstehende Sonne strahlte die Giebelseite des Hauses an und füllte die Fensterhöhlen mit purem Gold. Zwischen See und Wald ästen ein paar Rehe. Pepsi, ihre Glückskatze, lag auf der Sitzbank neben der Haustür und wartete auf sie.

****

Anmerkungen des Autors:

Weinbuch ist ein fiktiver Ort. Ebenso sind die Personennamen in dieser Geschichte erfunden. Sollte es real existierende Personen gleichen Namens geben, haben sie mit der vorliegenden Geschichte nichts zu tun.

Um eine Tatsache nicht zu unterschlagen: In der Natur gibt es echte schwimmende Steine.

Bimsstein, dessen Dichte aufgrund der zahlreichen Poren, die einen wesentlichen Teil des Volumens ausmachen, kleiner als die von Wasser ist, was bedeutet, dass Bims in Wasser aufschwimmt.
Naturbims entsteht durch gasreiche vulkanische Eruptionen, bei denen zähflüssige Lava durch Wasserdampf und Kohlenstoffdioxid aufgeschäumt wird. (Quelle: Wikipedia)

Allerdings kommt Bims in natürlicher Form weder in noch um Weinbuch vor.

Weitere Bücher von Peter Siefermann.

„Zwölfeinhalb Bären, oder wie die Bären nach Waldulm kamen."
ISBN: 9783740711917

„Das große Spiel, oder mit Lachdatte, Mängehatte und Poklapier."
ISBN: 9783740727451

„Tierisch-menschliches in Lyrik und Prosa."
ISBN: 9783740714000

„Drei Männer, zwei Boote, ein Fluss und der Blues."
ISBN: 9783740712952

„Aus der Sicht des Pumas"
ISBN: 9783740731625

„Die Sachenfinderin"
ISBN: 9783740733674

„Der Totensänger."
ISBN: 9783740744281

„Der Bassist."
ISBN: 9783740746940

Der „Zach"
ISBN: 9783740749132

„Handkerchief"
ISBN: 9783740753580

„Zwölfeinhalb Bären auf Weltreise"
ISBN: 9783740766740

„Einfach Uhl."
ISBN: 9783740771942

„Lui, der Vogelfreund."
ISBN: 9783740780654

„Maren und Jonas."
ISBN: 9783740726928

„Teddor."
ISBN 9783758319726

„Kla-Ka-Li-Ma und die persische Prinzessin."
ISBN 9783758383854

Alle Bücher sind auch als E-Book erhältlich.

Kriminalromane von Pit Ferman im Twentysix-Verlag.
aus der Edgar-Schaaf-Krimireihe.

„Schaafswinter."
ISBN: 9783740727550

„Schaafssturm."
ISBN: 9783740713454

„Schaafshammer."
ISBN: 9783740731533

„Schaafsgold und der ungelesene Autor"
ISBN: 9783740743277

„Schaafsinsel."
ISBN: 9783740752972

„Schaafshunde."
ISBN: 9783740708191

„Schaafsfrauen."
ISBN: 9783740761820

„Schaafssteine."
ISBN: 9783740766092

„Schaafsherbst."
ISBN: 9783740771980

„Schaafskind."
ISBN: 9783740785260

„Schaafsfeuer."
ISBN: 9783740715472

„Schabrack."
ISBN: 9783740787431

Alle Bücher sind auch als E-Book erhältlich.

Pit Ferman wurde 1953 in Kappelrodeck im Land Baden-Württemberg geboren. Er lebte über dreißig Jahre in Basel in der Schweiz und arbeitete für ein deutsches Transportunternehmen. Nach Versetzung in den Ruhestand zog er mit seiner Ehefrau nach Deutschland zurück.
Pit Ferman ist Vater zweier Kinder, die beide in der Schweiz leben.